글쓰기는 어렵지 않아요

따뜻한 세대공감 전국 문예 공모 학생 수상작 모음집

글	쓰	기	는	
어	렵	지		
않	아	요		

김병심 엮음

한그루

차례

1부

동시

동시를 쓸 때는 즐거운 상상력이 필요해요. 주제에 맞게 쓰는 것도 잊지 말기로 해요. 웃겨도 괜찮아요. 엉뚱해도 괜찮아요. 상상력은 우리의 최고 무기지요.

무사 마씀

이지수

아빠가 가끔 이상한 나라말을 하신다
갸우뚱 갸우뚱

시장에서 호떡을 파는 할머니도
이상한 나라에서 왔나보다

아빠와 호떡 할머니가 만나면
이상한 말을 반갑게 한다

나도 이상한 말을 배우고 싶다

가을에 한여름

이지수

가을에 한여름
지금 사람들은 긴소매를 입어야 하는데
지금은 반소매를 입고
지금은 추워야 하는데
지금은 덥고
예전에는 북극에 북극곰이 많았는데
지금은 북극에 북극곰과 빙산이 없어진다

북극에 가면 춥지 않고 더울 것 같다
작고 크고 귀엽고 무서운 동물들을
한순간에 집어삼킬 수 있는
지구 온난화

제주 음악가

김성은

제주에는 음악가가 있다
봄, 여름, 가을, 겨울 빠짐없이 공연한다
샥샥 바람소리, 휘휘 해녀의 휘파람소리, 찰싹찰싹 파도소리,
달그락달그락 돌소리, 다그닥다그닥 이어달리는 말소리, 까
르르까르르 아이들이 장난치는 소리, 꼭꼭 숨어라 함께 노는
소리

가지가지 아름다운 소리를 모두 합치면
신나고 재미있는 합창
아름다운 노래는 배가 되고
슬픈 노래는 잘게 부숴진다

아름다운 소리를 만드는 제주의 음악가
영원히 제주에 살고 있다

해녀의 바다

김정은

해녀가 바다에 들어가면
다치지 말라고
지켜주는 바다

태풍이 오면
위험하다고
거센 파도를 일으키는 바다

해녀가 들어가면
바다의 보물을 모두 내어주는
엄마같은 바다

한라산

이유수

내가 학교에 간 동안
한라산에 올라간 울 엄마

내가 학교 끝나는 동안
헉헉대며 통화하는 울 엄마
어찌나 힘들었는지
위험한 코스 지나
가파른 길까지

정상에서 웃으며 사진 찍고
다시 내려오시는 울 엄마

강아지풀

이유수

강아지풀 하나 뜯어
자고 있는 아빠 겨드랑이
간질간질
뾰족 구두 속 엄마 발가락
간질간질
나만 따라다니는 동생 유진이
간질간질
깨지도 못하고 발버둥치는 우리 가족
강아지풀이 이겼다

여행 가는 날

고도영

여행 가는 전날부터
설레기 시작한다

짐 쌀 때부터
내 머릿속은
여행지에서 놀고 있다

여행 가는 날
빨리 출발하고 싶어서
잠들다 깨고 잠들다 깨고

심장이 뛰는 소리가
비행기보다 빠르다

다시 집에 돌아오면
역시, 집이 최고야!

가을 태풍

전소윤

가을 태풍 때문에
할아버지의 밭이 날아가 버렸다
고추, 가지, 애호박까지
다 날아가 버렸다

할아버지의 밥상은 어떻게 하지?
다행히 콩은 살아 있다

민오름에서 생긴 일

양남경

민오름을 오를 때 이상한 일이 생겼다
달팽이도 보고
지네도 보고
징그러운 것만 보았는데

정상에 올랐더니 바람이 거세게 불었다
머리가 아프다가
가슴이 아프더니
육촌 동생이 생각났다

바람을 일으킨 건
몸이 아파서 두 살 때 죽은 육촌 동생
두 손을 잡고 걷던 내게
바람으로 찾아왔다

가을 아침

문혁훈

가을 아침 공원에 나가면
우리 엄마는 커피를 마시고
아이들이 뛰어놀고
어른들은 나무 밑에 앉아 책을 읽고
새들은 나무 위에서 노래를 부르고
낙엽은 춤을 추지

강아지들이 짖어대고
함께 놀던 아이들이 적어지면
나는 자전거를 탄다

우리 반 우준이

문혁훈

영어시간에 자기소개를 했다
우준이가 발음이 이상해서 혀가 짧은 줄 알았다
우준이는 장애라는 걸 알게 되고
장애교육을 받았다
중간마다 의미 없이 소리를 지르거나 웃는다
애들이 우준이를 욕한다
우준이가 왜 그러는지 공감은 안되지만
이해는 한다
나는 우준이가 우리와 생각은 같지만
표현을 못한다는 걸 안다

입장 차이

김나연

외발 자전거, 두발 자전거, 세발 자전거
우리는 그처럼 다양한 자전거를 보면 대수롭지 않게 지나
갑니다

자동차의 모양이 바뀌어도
우리는 아무렇지 않습니다

하지만 만약 그게 우리라면?
상황은 바뀝니다

우리와 다르다가 아니라 틀리다는 이유로
따가운 눈총과 마음에 상처를 입는 말을 받게 됩니다

우리가 아닌
너와 나의 입장에서는 불통입니다

놀이터

함세연

요즘은 코로나다
애들은 많다
애들은 신이 났다
애들은 뛰어 논다
애들은 다 같이 논다
하지만 애들은 운동장에서만 논다

놀이터는 외롭다
미끄럼틀은 외롭다
그네는 외롭다
구름사다리는 외롭다
정글짐은 외롭다
시소는 외롭다
애들은 외롭지 않다

졸업 앨범

함동건

졸업 앨범에 교실 풍경이 있습니다
마피아 게임을 하면서 친구들과 친해지던 날,
마피아가 되어 들키지 않으려는 나를 보호해준 친구들
우리가 비록 헤어진다 해도 잊지 않으려고 사진 속에 넣어
봅니다

졸업 앨범에 온라인 수업이 있습니다
코로나로 학교를 갈 수 없을 때
밴드가 출석부가 되고 숙제 검사장이 되던 날,
다정한 이름들과 정다운 글씨들
우리가 비록 얼굴은 못 보더라도 한 장의 추억 속에 넣어봅
니다

졸업 앨범에 바깥풍경이 있습니다
소풍이 취소되고 운동회가 사라진 날,
우리가 푸른 잔디와 하늘이 되어 풍경으로 남았습니다

마스크를 쓴 얼굴들이 만나 한 해를 함께 했지만
같은 반 친구라서 기뻤던 우리는 친구,
졸업 앨범에 웃는 모습으로 새겨져있을 것입니다

죽음의 한라산

신재현

한라산은 분노했다
인간들이 쓰레기를 자꾸 버려서
분노했다

한라산은 홍수와 산사태로 분노했다
몇 년 뒤
제주도와 모든 나라가 파괴될지 모른다

인간들아,
다시는 쓰레기를 버리지 말아라
한라산이 말하는 것 같다

천국의 성산 일출봉

전성우

보기만 해도 아름답다
올라갈 때 헉헉거리지만
도착하면 천사들이 웃으며 반겨주는 성산일출봉

자연의 신들이 나를 다독여준다
구름들이 나를 태워주면
제주도의 전체를 볼 수 있는
상상만 해도 행복한 성산일출봉

제주의 산과 바다의 힘

이상협

제주에 있는 한라산은 무엇인가요?
남한에서 가장 높은 산이고요
꽃과 나무들이 동물들과 함께 숨을 쉬는 곳
어릴 적 산에서 맡은 냄새와 그 풍경이
지금도 내 코와 눈을 간질이는 곳이지요

제주에 있는 바다는 무엇인가요?
시원한 바닷바람과 멋진 바다가 있는 곳
해가 뜨거나 해가 지거나 아름다운
바다 풍경에 출렁거리는 파도가
내 마음을 흔드는 곳이지요

산과 바다가 우리에게 주는 것은 음식과 도구
하지만, 도시 속에서 살아가는 우리를 위로하고
마음을 편안하게 해주는 곳
내가 살고 있는, 제주도

은서의 5계절

김은서

나는 봄을 사랑한다.
봄에는 따스한 빛 덕분에 소풍을 간다.
봄에는 따뜻한 바람 덕분에 산책을 간다.
봄에는 신부를 닮은 시원한 웨딩드레스를 입으며 춤을 춘다.
봄에는 예쁜 선인장을 키우며 노래를 튼다.
봄 덕분에 내가 행복해진다.
나는 봄을 사랑한다.

나는 여름을 사랑한다.
여름 덕분에 자연이 쑥쑥 자란다.
여름에는 반팔과 반바지를 입고 산책을 가기에 딱 좋다.
여름엔 아이스크림을 먹으면서 넷플릭스를 보는 게 제일 행복하다.
여름엔 거북이를 키우면서 같이 노는 게 행복하다.
나는 여름을 사랑한다.

나는 가을을 사랑한다.

가을엔 주황색 원피스를 입고 단풍 보러 가는 게 최고의 행복이다.

내가 가장 좋아하는 색은 주황색이어서 가을을 더 좋아한다.

내 강아지 이름은 가을이, 바람을 너무 좋아해서 가을이 …

나는 가을을 사랑한다.

나는 겨울을 사랑한다.

겨울엔 눈이 최고지!

오빠랑 눈사람을 만들 때, 오빠가 열심히 만든 눈사람을 부수면 오빠한테 맞지만

겨울이라는 게 좋다.

겨울엔 아이스크림을 만들어 먹는 게 너무 좋다.

아이스크림을 얼릴 땐 설레고, 마음이 흥분에 휩싸인다.

아이스크림을 꺼내는 순간, 입꼬리가 저절로 올라간다.

나는 겨울을 사랑한다.

나는 장마를 사랑한다.

엄마한테 혼나고 창문을 열어보면, 비가 쏟아지고 있다.

비 올 땐 조용하게 책을 보면 저절로 기분이 좋아진다.

장마 덕분에 우리 아빠의 공기청정기가 잘 팔린다.

고마워, 장마야.

친구랑 싸우고 나서 창문을 보면 마치 거울을 보는 것 같다.

거울 속에서 말 한마디 못하고 끙끙 앓던 내가 속이 후련해져 웃고 있다.

비는 아프겠다.

비가 떨어질 때 마치 절벽에서 떨어지는 거랑 마찬가지인데.

장마의 계절엔 매일 비가 내리기 때문이다.

하지만, 나는 이런 장마까지 사랑한다.

제주의 재주

정지연

제주에 있으면서 알지 못했다
제주는 나의 위로였다는 것을
속상할 때 제주의 바다를 보며 털어내고
화가 난 마음을 바람 맞으며 식히고
제주는 이런 재주가 있었다

가족도, 친구도 매일 옆에만 있으니 알지 못했다.
내가 앞으로 나아갈 수 있었던 게 이분들 덕분이란 것을

이제 깨달았다
제주는 나의 위로
가족과 친구는 나의 방향을 알려주는 지도

제주의 계절

최가은

시작을 알리는 계절에는
노란 유채꽃과 설레는 마음이

햇빛이 뜨거운 계절에는
바다가 그린 예쁜 구름과 구름이 칠한 푸른 바다가

단풍이 물드는 계절에는
바람을 타고 흔들리는 억새풀이

온 동네를 하얗게 뒤덮는 계절에는
거센 바람을 이겨낸 나무 위에 빛나는 귤이

제주에 모든 계절에는
거센 바람과 구멍 난 돌, 매일 다른 바다와 늘 오늘 같은 오름이

제주의 계절 속에 사는 나는 그림이 되었다

제주도

김선유

어서와! 공항에 도착하니 달려와 나를 반겨준다. 보고 싶었어! 머리카락을 만지며 장난도 친다. 반가워! 볼을 부비며 반가운 제주 냄새 데려와 준다.

왔어? 집에 도착하니 따스하게 나를 반겨준다. 오랜만이네? 원래 있던 그 자리 그대로 묵묵히 바라봐준다. 내가 얼마나 오랫동안 떠나있었는지 생각하지 않고 한결 같이 내 집을 지키며 기다려준다

왜 이제야 와, 반가움 한가득 묻어있는 투정을 부린다. 찰방찰방 물 튀기며 장난친다.

갈매기한테도 물고기한테도 내가 왔다는 소식 알려 주려고 후다닥 뛰쳐나간다.

소중한 우리 제주 바람이 돌담이 바다가 나를 반겨준다

너는 누구인가?

문지혁

나는 푸른빛에 바다가 보이는 곳

너는 누구인가?

나는 초록빛에 산과 오름이 보이는 곳

너는 누구인가?

나는 여러 아름다운 색이 보이는

이 곳

너는 대체 누구니?

아나바다

추재경

아: 아껴 쓰고
나: 나누어 쓰고
바: 바꿔 쓰고
다: 다시 쓰고
이것은 나눔 장터
말 그대로 나누어 쓰는 장터

뭘 팔지?
이런 생각 꼭 할거다

아나바다를 하면
환경오염이 안 될 것이다
그러니 지금 가족끼리 해도 된다
꼭 해봐야 양심도 생길 거다
빙산도 안 녹을 거다

뭘 할 수 있지?
이런 생각 말고 바로 실천하기

네잎 클로버

문지성

아무리 찾아도 찾아도 나오지 않는 네잎 클로버
숲을 헤매면서 찾아도 나오지 않는 네잎 클로버

네잎 클로버야 어디 있는 거니?
제발, 나와 줘

꼭꼭 숨어있는 네잎 클로버
진짜 소원을 말해야 나타나는 네잎 클로버

절망을 행운으로 바꾸려고 여행을 하고 있는
네
잎
클
로
버

넥타이의 자유

이연재

할아버지의 옷장에 들어가면
넥타이가 말한다
"꺼내줘"

할아버지가 넥타이를 안 달고 다녀서
구석에 처박혀 있다

나는 넥타이를 풀어줬다
고맙다며 마법을 부리는 넥타이

넥타이는 허리띠가 되어 옷장을 나간다
넥타이는 머리띠가 되어 여행을 간다

입을 뺏겼다

이연재

내가 장애인 친구에게
나쁜 말을 해서
아빠가
입을 지퍼로
막아버렸다

2부

생활문

생활문, 산문, 에세이는 일기에서 날짜와 날씨만 뺀 거라고 생각하면 되어요. 경험과 생각을 자유롭게 적어보세요.

우리는 여름날의 바닷가를 기억해

이수호

　내가 아홉 살 때 일이다. 가족과 함께 바닷가에 갔는데, 지호형이 고기를 네 마리나 잡았다. 형과 똑같은 잠자리채로 잡았는데 나는 한 마리도 못 잡았다. 나는 물 밖으로 나와서 모래에다 화풀이를 했다. 화풀이를 하며 투덜대는데 많은 사람이 한곳에 모여 있는 걸 보았다. 호기심이 생긴 나는 사람들 쪽으로 갔다. 그곳은 물이 엄청 차가웠고, 걸을 때마다 발이 모래 속으로 푹푹 빠져 들어갔다. 나는 화가 난 것도 잊은 채 엄마와 아빠를 불렀다. 아빠가 여기는 '용천수'라고 말씀해주셨다.

　아빠와 나는 용천수에서 발을 빼지 않고 달리기 시합을 했다. 아빠는 용천수가 없는 곳으로만 다녔고, 나는 발이 모래에 움푹 들어가서 움직임이 느렸다. 나는 아빠에게 지고 말았다. 아빠랑 놀다보니 기분이 좋아졌다. 그래서 돌이 많은 쪽 바다로 들어갔다. 그곳에는 소라처럼 작은 조개들이 돌멩이에 다 닥다닥 붙어 있었다. 느리고 조금씩 움직이는 까만 등껍질이 집처럼 보였다. 아빠는 '보말'이라고 말씀하시면서 먹는 흉내를 냈다. 나와 아빠는 신나게 보말을 잡았다. 돌멩이에 딱 달라붙은 보말은 아빠가 대신 잡아주기도 했다. 우리는 엄마에게 자랑하려고 보말을 들고 달렸다.

엄마는 보말을 보자마자 정말 놀라는 표정으로 내게 칭찬을 했다. 어깨를 으쓱하며 기뻐하는데, 지호형이 큰 물고기를 잡고 왔다. 엄마는 나와 똑같은 칭찬으로 지호형을 반겨주었다. 하지만, 나는 또 심통이 났다. 모래를 발로 걷어차면서 형이 잡은 물고기를 노려보았다.

엄마는 지호형이 잡은 물고기를 바닷가 근처의 횟집에 주고 가자고 했다. 지호형은 아쉬운 표정을 짓다가 나와 함께 횟집으로 가서 물고기를 주고 왔다. 주인아저씨는 우리들에게 회를 뜨는 장면을 보여 주셨다. 엄마와 아빠는 저녁으로 내가 잡은 보말로 보말라면을 끓여주셨다. 지호형은 내가 잡은 보말을 맛있게 먹었다. 바닷가에서 심통을 부리던 나도 언제 그랬냐는 듯 맛있게 먹었다. 지금도 우리는 싸우기도 하지만, 함께 웃으며 그 여름의 마지막 바닷가의 추억을 이야기하곤 한다.

아빠와 자전거로 제주 일주

이수호

2021년 5월 1일, 아빠와 자전거를 빌려 출발했다. 먼저 용두암에 가기로 해 인도를 통해 달렸다. 처음에는 자전거가 익숙하지 않아 내릴 때 위험한 순간들이 있었다. 그렇게 용두암에 도착해 첫 번째 도장을 찍었다. 우리의 옆에 있던 낯선 아주머니와 아저씨께 아빠는 사진을 부탁했다. 그분들이 찍어주는 사진 앞에서 아빠와 함께 웃었다. 그분들은 우리에게 힘내라고 응원해주셨다.

기분이 좋아진 나는 출발했다. 우회전을 하니 바다가 보였다. 돌들과 바다가 조화를 이루는 모습을 보니 그림 같다고 생각했다. 해안도로로만 가니 생각보다 자전거 여행이 별거 아니라는 생각이 들었다. 다시 도로로 들어가니 내리막길과 오르막길이 심했다. 나는 힘들게 헉헉거리며 갔다. 아빠가 편의점에서 점심을 먹자고 했다.

편의점으로 들어간 나는 친구가 생일 선물로 준 기프트 카드가 있는지 살펴보았다. 하지만, 아쉽게도 없었다. 나는 점심으로 소세지와 샌드위치, 바나나 우유를 골랐다. 아빠도 나와 똑같은 것으로 고르고 나서 가면서 먹을 에너지 바와 마이쮸를 사셨다. 아빠가 전자레인지에 소세지를 넣고 휴대폰을 가지러 자전거로 돌아가자 나도 따라 나갔다. 내 휴대폰을 보니 생일이 5월 5일인 친구가 올 수 있느냐는 문자를 보내왔다. 귀찮아서 휴대폰을 그냥 덮으려고 하는데 할머니가 전화를 걸어오신 것이다.

아빠 말 잘 듣고 열심히 하라는 응원 전화였다. 완주를 하면 저녁으로 피자를 사주신다는 말도 하셨다. 맛있는 피자 생각을 하니 기운이 났다. 다시 힘을 내서 출발했는데 오르막길과 내리막길이 반복되었다. 열심히 오르막길을 올랐지만 짜증이 났고, 내리막길이 나올 땐 시원하고 기분이 좋았다. 그러다 보니 어느새 다음 도착지인 다락 쉼터가 나왔다. 기분 좋게 자전거를 세우고 도장을 찍었다. 아빠가 도장을 다 찍자 나는 의자를 찾아 앉으려고 했다. 아빠께서 주변 분들께 사진을 찍어달라고 요청을 하고 계셨다.

잠시 쉬는 동안 바다를 바라보았다. 바다 앞에는 큰 밥솥처럼 생긴 것이 보였다. 아빠는 가스를 얼음으로 만들어 보관하는 곳이라고 말씀하셨다. 나는 신기해서 한참을 바라보았다. 다시 자전거를 타고 한참을 달렸다. 다시 내린 곳은 도로 속이었다. 매연 냄새가 심해 식물들이 여태까지 살아있다는 게 놀라울 정도였다. 경사가 조금 급한 오르막길이라 걸어서 자전거를 끌고 올라갔다. 한참을 가다보니 위험한 곳도 나왔다. 그곳은 자전거 도로가 있는 인도지만 중간에 버스 정류장이 있었다. 나는 길이 중간에 뚫려있는 줄 알았는데 그게 아니었다. 그곳은 완전히 막혀있었다.

나는 자전거에서 내리려고 했지만 내리는 타이밍을 놓쳐버렸다. 결국, 나는 자전거에서 떨어지고 말았다. 아빠가 급하게 내게로 달려왔다. 자전거를 일으켜 세우고 나의 다친 곳을 살폈다. 나는 무릎이 깨져있었고, 손목까지 아팠다. 나는 울고 싶었지만 울지 않았다. 우리는 아무 말 없이 쉬었다.

〈몬스터 살롱〉이라는 가게가 보이자 츄로스와 유자차를 마셨다. 처음엔 츄로스가 맛 없게 보여 안 먹는다고 했지만, 아빠가 맛있게 먹는 모습을 보자 반을 뚝 떼어먹었다. 갑자기 배가 아프기 시작했다. 주변엔 화장실이 없었는데 아빠는 조금만 더 가면 시내가 나온다며 나를 달래기 시작하셨다. 얼마나 갔는지도 몰랐을 지경에 이르러 편의점을 발견했다. 그곳의 화장실에서 나와 보니 아빠는 숙소를 찾고 계셨다. 편의점

근처에 괜찮은 펜션이 있었다. 13분 거리의 펜션에 도착해 들어가자마자 나는 누워버렸다. 아빠는 나에게 씻으라며 또다시 달랬다. 내가 씻는 동안 할머니의 응원 선물인 피자가 배달되었다. 창 밖에 있던 가게들이 불이 꺼지자 나도 함께 잠이 들었다.

5월 2일, 아침에 일어나보니 손목이 심상치 않았다. 그래서 엄마를 불러야만 했다. 엄마는 내 손목에 약을 바르고 손목밴드를 끼웠다. 엄마가 우리를 지켜보는 걸 뒤로 하고 출발했다.

아빠는 지금부터 가는 길은 시골길이라고 하셨다. 차가 없는 시골길에서 맑은 공기를 마시며 자전거의 페달을 밟으니 기분이 좋아졌다. 오르막길과 내리막길이 심하지 않은 시골길을 오래도록 달렸다. 차츰 송악산이 보였다. 나는 내 자신에게 '힘을 내, 송악산까지 얼마 남지 않았어.' 라며 자기최면을 걸었다. 하지만 나의 최면과는 다르게 오랫동안 가야만 했다. 산이 보인다고 금방 도달하리라는 확신을 가져선 안 된다는 걸 깨달았다. 그리고 자전거로 제주도를 여행하면서 깨달은 게 또 있다. 제주도는 모두 제각기 다른 풍경을 가졌다는 것이다. 같은 바다, 같은 마을이 아니라는 걸 알게 되었다.

겨우 송악산에 도착한 뒤 도장을 찍고 점심을 정하는 순서가 되었다. 갑자기 수제 버거가 먹고 싶어졌다. 하지만, 아빠는 맛있는 수제 버거가 있는 곳까지 3분을 더 가야 한다고 했다. 나는 망설이지 않고 자전거를 탔다. 점점 자전거를 타는 것과 인내를 배우는 것이 좋아졌기 때문이다. 주차장에 자전거를 세우고 하와이안 버거를 주문했다. 아빠는 에그 베이컨 버거를 주문했다. 우리는 서로를 쳐다보며 맛있게 먹었다. 아빠의 추천대로 최고의 맛이었다.

출발하면서 산방산을 보았다. 정말 한라산의 봉우리를 뚝 떼어서 붙여놓은 듯 했다. 그리고 산방산으로 올라가는 오르막길과 내리막길은 급경사였다. 우리는 어쩔 수 없이 자저거를 끌고 걸어서 오르고 내려갔다. 산의 지형에 따라 둘레에는 오르막길이 있으면 내리막길이 있는 법. 그러니 살면서도 이 경험을 잊지 말아야겠다.

3시간을 달려서 법환 바다에 도착했다. 스쿠버 다이빙 전문으로 하는 곳들이 눈에 띄었다. 우리는 〈장미 여관〉이라는 펜션으로 들어가 드라마를 한편 보다가 잠이 들었다.

5월 3일, 다시 익숙해진 아침이었다. 나는 능숙하게 자전거를 탔다. 그런 나의 모습을 흐뭇하게 바라보시는 아버지가 뒤를 따라오셨다. 아빠는 내가 출발한 뒤 어느 정도 달리고 나서야 출발하셨다. 나와 속도를 맞추시려는 듯 했다.

〈여기는 경사가 급하니 자전거를 끌고 가세요.〉라는 안내 표지판이 보였다. 우리는 표지판의 문구처럼 자전거에서 내렸다. 한참을 가니 경사가 급했다. 안내 표지판을 달아준 누군가가 몹시 고마웠다. 입가에 미소가 흐르자마자 쇠소깍이 나왔다. 도장을 찍으며 다시 한번 시원하게 웃었다. 한참을 오르고 내리면서 달리다가 편의점에 들어갔다. 아이스크림 '설레임'을 먹는데, 겉봉투에 〈택배 받을 때의 설레임〉이라는 문구가 써진 것을 보았다. 요즘 사람들이 가장 설렐 때가 택배를 받았을 때라니 이 문구에 고개를 끄덕였다. 하지만 나는 이제 나만의 설렘이 생겼다. 바로 〈아빠와 자전거 여행을 할 때의 설레임〉이다. 나만의 설렘을 안고 출발하니 성산 일출봉에 도착했다.

5월 4일, 오늘은 비가 온다는 소식이 있어 오전까지만 달리다가 숙소를 잡기로 했다. 성산 일출봉에서 다음 목적지까지 달리는데 오징어들이 해안도로에 세워둔 줄을 따라 매달려 있었다. 누군가 말리는 모양이었다. 나는 하늘에 점점 커지는 큰 무리의 구름을 보았다. 두 개의 큰 구름 무리가 충돌하면 어떻게 될까 궁금해졌다. 집에 돌아가면 과학책을 꺼내 읽어 봐야겠다고 생각했다.

5월 5일, 오늘이 자전거 여행의 마지막 날이 될 것이다. 어제 느꼈던 승리감이 아쉬움으로 바뀌면서 하염없이 달렸다. 거의 목적지에 도착했을 때 계단과 자전거를 끌고 내려올 수 있는 장치가 있는 것을 발견했다. 나는 한 발 한 발 조심히 발을 내딛으며 계단을 내려왔다. 10분 정도 계속 내려가 보니 엄마와 형과 동생이 손을 흔들며 우리를 반겨주었다. 아빠는 나에게 멋진 설렘을 어린이날의 선물로 주신 것이었다. 그래서인지 아빠와 자전거로 제주도 일주를 하면서 나는 참 특별한 아이가 되었다.

육식공룡의 부활

이수호

"왜? 왜 먹어야지. 그 놈의 채소, 죽여 버리고 싶다."

채소를 생각하면 이런 생각이 저절로 드는 사람도 있다. 우리 형도 제사상에 치킨을 올려달라고 하니 얼마나 채소가 싫으면 그런 생각을 할까? 하지만, 채소는 우리 몸에 중요하다. 채소는 눈을 좋게 해주고 키가 커지는데 중요하다. 얼굴이 브이라인이 되면 연예인도 만들어 주는 마법과도 같다. 특히, 내가 좋아하는 오이와 청경채가 그렇다. 내가 좋아하는 채소들을 먹은 연예인들은 모두 잘 생겼다.

만약, 내가 패스트푸드만 먹고 채소를 먹지 않는다면 〈뽀로로〉에 나오는 포비가 되거나 키가 크지 않아 〈스타워즈〉에 나오는 요다가 될 수 있다. 그러니 채소를 잘 먹으면 이광수 같은 연예인처럼 키가 커지고, 박보검처럼 잘 생겨질 것이다.

머지않아 추석이다. 추석에는 할머니와 엄마가 옹기종기 모여 채소로 온갖 음식을 만들겠지. 하지만, 그 중 어떤 채소는 먹기 싫어서 내 동생 지수는 작년처럼 밥을 먹지 않을 지도 모른다. 지수는 작년 추석에 할머니댁에서 밥을 먹지 않았다. 집에 돌아와서야 밥을 달라고 했다. 할머니가 채소를 골고루 먹으라고 할까봐서 그랬다. 하지만, 추석밥상엔 한 해의 추수로 지은 햇곡식들이 많다. 내가 태어난 땅에서 농부가 정성껏 거두어들인 햇곡식은 한 해의 땅과 태양과 바람의 기운을 모두 갖추고 있다. 한 해의 싱싱한 땅에서 나온 식재료로 만든 음식을 먹어야 좋은 기운을 받아서 공부를 하는데 도움이 된다는 걸 지수는 모른다. 나는 공부할 때마다 집중력이 향상되고 있는데, 이유는 바로 추석밥상에서 비롯된 기운이라고 믿고 있다.

채소를 생각하면 구역질이 난다는 듯 행동하는 친구들이 있다. 아마도 채소를 싫어하는 이유는 색깔과 식감 그리고 모양 등이 눈에 익숙하지 않아서인 듯하다. 채소를 먹으면 알레르기가 있어서 두드러기가 난다고 거짓말을 하는 친구들도 있다. 친구들은 채소를 멀리 하면서 편식을 하게 된다. 유치원 때 친구는 고사리 알레르기가 있다면서 선생님께 말씀드렸다.

그랬더니 급식실에서 그 친구에겐 고사리를 주지 않았다. 급식이 끝나고 노는 시간에 그 친구에게 물었다.

"정말, 고사리 알레르기가 있어?"

"아니, 그런거 없어. 그냥 먹기 싫어서 꾀를 부린거야."

친구는 아무렇지도 않은 듯 말했다. 거짓말을 하면 얼굴이 빨개지는 나는 그 친구의 모습에 놀랐다. 그러고 보니, 우리 형도 어릴 적엔 채소를 잘 먹었는데 요즘에는 카레를 먹을 때도 당근을 빼서 먹는다. 예외도 있다. 나보다 어린 사촌 동생은 유치원생들보다도 어린데 콩나물을 잘 먹는다. 그래서 우리들 사이에선 '콩나물 킬러'라고 불리기도 했다.

이 글을 쓰면서 생각이 난건데, 〈비비고〉에서 나오는 볶음밥의 재료가 왜 그렇게 잘게 썰어서 나오는지 알 것 같다. 어린이들은 볶음밥을 좋아하지만 채소는 싫어하니까 채소를 골라내지 못하게 하려고 잘게 썰었나보다. 내 친구 중에는 1년에 1번 밖에 패스트푸드를 먹지 못 하는 친구가 있다. 친구의 엄마는 식단을 채소와 고기가 들어가게 골고루 짠 다음 엄격하게 식단관리를 한다. 그래서 그 친구에게 물어보았다.

"너는 채소가 맛있니?"

그 친구는 그렇다고 대답했다. 친구의 엄마가 치열한 식단관리로 친구의 입맛을 고정시켜버린 것이다.

이번 추석 때, 동생 지수에게 채소를 먹이기 위해 나는 이야기를 만들었다. 지수는 내 옆에 앉아서 이야기를 듣기 시작했다. 간단히 말하면, 인기 스타인 딸기씨, 수박씨등이 과일들의 비난을 받으면서 일이 커지는 내용이다.

똑똑한 사과양이 어느 날, 머리를 가우뚱 거리면서 말했다.

"내가 알기론 땅에서 나는 열매는 채소로 구분 짓고 있어. 그러니 너희는 채소가 맞아. 당장, 과일나라로 가버려!"

삽시간에 수군거리는 과일들에 의해 딸기씨와 수박씨 등은 법정까지 가게 되었다. 법정에서 판사인 무화과씨는 사과양과 똑같은 판결을 내렸다. 그리고 그들을 처벌하려고 했다. 토마토씨는 토마토케찹이 되어 인간세상으로 추방이 되었다. 이런 끔찍한 형벌이 두려운 나머지 과일들은 채소나라로 몰래 도망을 가게 되었다. 하지만, 채소나라의 채소들은 너무 놀라 과일들을 막았다. 이미 그들을 과일로 알고 있던 채소나라에서는 경찰들이 몰려와서 그들을 감옥에 데리고 가고 말았다. 심문이 이어지고 그들의 사정 이야기를 듣게 된 채소들은 그들을 몰래 감옥에서 풀어주고 말았다. 이렇게 과일나라와 채소나라가 혼란한 틈을 타서 패스트푸드 나라에서는 두 나라를 공격하고 말았다. 이것이 그 유명한 제 2차 푸드 대전이라 불린다. 결국, 패스트푸드 나라가 이겨서 채소나라와 과일나라 백성들은 인간세상과 접촉할 수 없게 되었다. 패스트푸드 나라는 인간세상을 공격했다. 어른들과 아이들은 채소와 과일 대신 패스트푸드만 먹게 되어 영양은 부족하고 난폭해지기 시작했다.

이야기가 끝나고 나서 저녁 식탁에 모여앉아 저녁을 먹었다. 지수가 채소를 골고루 잘 먹는 걸 보고 가족은 모두 놀랐다. 나는 방긋 웃으며 밥을 먹었다. 지수에게 채소를 먹이려고 꾸며낸 이야기였지만, 정말 패스트푸드가 인간의 식탁을 점령한다면 우리는 육식동물이 되고 말 것이다.

한라산 등산기

이지호

게임인 포켓몬고를 하기 위해 처음으로 한라산을 올라갔다. 시작은 순조로웠다. 산을 오르는 중간중간에 야생동물을 만나기도 하고, 힘들 때면 쉬면서 에너지바를 꺼내 먹기도 하였다. 점차 나는 게임을 하던 것도 잊어버린 채 산중턱까지 오르게 되었다.

조금만 더, 조금만 더 가면 휴게소라는 생각으로 버텼지만 나는 너무 힘들어서 쓰러질 것만 같았다. 휴게소에서 먹는 라면을 생각하며 한발 한발 내딛으며 올라갔다. 그러다보니 어느새, 휴게소에 도착했고, 육계장 컵라면을 먹는 순간을 맞이했다. 산을 올랐을 때의 컵라면 맛은 지금까지 먹어본 라면 중에 단연 최고였다. 라면을 먹는 행복이 끝나자, 기운을 차린 나는 다시 정상을 향해 올라가기 시작했다.

겨울 산이라서 아이젠을 신발에 끼고 올라가야만 했다. 아이젠을 끼고 올랐지만 눈이 많이 내려서인지 자주 미끄러졌다. '역시 산은 바라보는 것이지 오르는 게 아니었다.' 너무 힘들어서 투덜댔지만, 포기하기는 싫었다. 힘을 내서 오르고 오르다보니 산 정상이었다. 그때의 황홀경이라니. 모든 세상이 내 발밑에 있다는 짜릿함이 온몸을 감쌌다. 올라올 때의 힘들었던 것과 미끄러질 때의 부끄러움이 투덜대던 마음과 함께 눈 녹듯 사라졌다.

말로만 듣던 백록담을 직접 보게 되었을 때 첫 느낌은 '겨울 왕국'이라는 영화 속의 장면이 현실로 나타난 것 같았다. 그래서 다들 사진이나 영상으로 보는 산의 정상보다 직접 올라와서 보는 산의 정상을 잊지 못하나보다. 황홀했지만, 겨울 산은 금방 어두워진다기에 서둘러 내려와야 했다.

내려올 때는 순식간에 사방이 어두워졌다. 주위 풍경이 달라보여서 살짝 무서웠다. 앞이 잘 보이지 않아서 넘어지기도 했지만 무사히 산에서 내려올 수 있었다. 산을 내려오면서 든 생각인데, 예전에 차도 없고 길도 없던 시대의 제주 할머니와 할아버지들은 어떻게 매일 산에 올라갔는지 궁금해졌다. 산사람들은 어떻게 겨울을 산에서 버텼을까. 한번 올라갔던 나는 이렇게 지치고 힘든데 말이다.

매일 쳐다보는 한라산이라서 그런지 예전에는 어색했고,

예쁘다는 생각조차 들지 않았다. 하지만 한라산을 오르고 나니 친근한 느낌이 들고 꿈을 향한 도전과 같다는 생각도 들었다.

예전의 나는 한라산을 바라보면서 형태가 각지고 어색한 모습이라는 편견을 가졌었다. 하지만, 한라산을 올라갔다 온 다음부터 나에게는 한라산의 모습이 부드럽고 친근함으로 남게 되었다.

오름의 위대함

이상협

제주에 있는 오름을 올랐다. 오름에 올라가기 전에는 힘들 수도 있겠다고 생각했는데 나의 생각이 틀렸다. 오름에 올라가면서 보니, 도시에서 볼 수 없는 많은 식물들이 있었다. 올라가면서 많은 식물들이 나의 코를 간질이고, 식물들이 나를 환영해주었다. 냄새를 맡으니 쌓였던 도시의 스트레스를 해소시켜 주며 나의 마음을 편안하게 해주었다.

오름을 오르는 동안 자연의 냄새를 맡으며 가다보니 몸이 지칠거라는 생각이 사라졌다. 자연의 대단함을 알게 된 순간, 오름을 오르는 것은 힘이 들고 시간낭비라는 나의 편견을 흔들었다. 나는 올라가면서 많은 생각과 감정을 느꼈다.

'이 풀은 어떤 풀일까? 풀의 이름은 뭐지?' 와 같은 식물의 정보가 궁금했지만, 나는 이제까지 식물의 이름조차 몰랐다. 나는 내가 알지 못하는 식물들이 궁금하여 아쉽다고 느끼게 되었다. 만약, 오름을 오르기 전에 오름과 식물에 관한 특징을 알려주는 책을 읽고 올랐다면 더욱더 재밌지 않았을까. 어쩌면 책을 읽고 가지 않아서 더욱 관심을 가지며 관찰을 했는지도 모른다. 나는 지금껏 식물들이 우리에게 어떤 것을 주는지 몰랐다. 식물들의 위대함을 몰랐지만 오름을 오르면서 궁금해지기 시작한 것이다.

식물에 정신을 쏟다보니 정상이었다. 벌써 정상이라니, 아쉬움이 나오려는 순간 오름의 정상을 보고 나의 아쉬움은 사라졌다. 정상에서 바라보는 풍경은 정말 대단했다. 한눈에 펼쳐진 풍경을 보는 순간 내 몸에 소름이 돋았다. 도시에서는 느낄 수 없는 감정이었다.

나는 지금까지 오름을 올라가는 것이 힘들다고 미리 생각해오던 것이 부끄러워졌다. 오름에서 내려가는 동안 많은 생각이 들었다. 비록 긴 거리는 아니지만, 좋았다.

오름이 제주에서 유명하다는 것은 알고 있었지만, 다른 많은 관광지처럼 오름도 가지 못했다. 못 간 것이 아니라 가기가 싫었다. 하지만, 지금부터 나는 오름과 제주의 다른 곳도 모두 가보고 싶다. 자연의 위대함과 아름다움을 느낄 수 있는 기회를 놓치고 싶지 않다.

가파도

이상협

중학교 1학년 봄에 있었던 일이다. 꽃들이 피어나고 따뜻한 햇살이 비추고 있었지만, 나는 오직 스마트폰에만 열중하고 있었다. 당시 나는 스마트폰 없이는 일상생활이 불가할 정도로 스마트폰에 중독되어 있었다. 스마트폰 중독자가 되어버린 나에게 부모님은 뭐라뭐라 하셨지만, 귀에 들어오지 않았다.

부모님께선 날씨도 좋고, 꽃도 피어나는 날에 스마트폰만 하냐면서, 나한테 화를 내셨다. 한 귀로 듣고 한 귀로 흘려보내는 나에게 부모님께서 갑자기 가파도에 가자고 하셨다. 가파도에 사시는 할머니를 뵈러 가야 한다고 하셨다. 나는 숙제도 해야 하고, 온라인 수업도 들어야 한다며 둘러댔다. 하지만 부모님께선 숙제도 안 하는데 무슨 숙제가 있냐면서 정곡을 찔렀다. 그러면서 언제 짐을 다 챙기셨는지 짐을 들고는 모슬

포 항구로 갔다.

표를 사고 벤치에 앉아 배를 기다리는 동안 나는 가파도에 대해 생각했다. 내가 마지막으로 가파도에 간 지 4년이 넘어서 기억이 잘 나지는 않지만, 꽤 재미있게 놀았던 것 같다. 배가 도착하자 우리는 짐을 챙겨 들고 배에 올랐다. 배가 출발하자 모슬포 항구가 점점 멀어지고 가파도는 나에게 점점 다가왔다.

배에 오르자마자 금방 가파도에 도착했다. 배에서 내리니 우리를 기다리는 할머니가 계셨다. 본 지 오래돼서 얼굴이 생각이 잘 나지 않았지만 보자마자 기억이 나는 거 같았다. 짐을 가지고 할머니한테 가자 할머니는 나를 반갑게 맞아주면서 안았다. 코끝에 구수한 내음이 났다. 나는 할머니한테 인사를 하고 안부를 물었다. 오랜만에 봐서 전보다 얼굴은 더 늙은 것 같고 더 야위신 것 같았다. 그런데 갑자기 부모님께서 일이 있다며 왔던 배에 다시 오르시는 게 아닌가. 아들 좀 잘 챙겨주란 말을 남긴 채 나의 부모님은 배를 타고 돌아갔다.

멍하니 떠나가는 배를 바라보던 나는 뒤를 돌아 할머니를 보았다. 어색했다. 몇 년만에 할머니를 만난 나는 안부 인사 말고는 달리 할 말이 없어서 대화를 이어가기가 힘들었다. 머쓱해진 나는 괜스레 휴대폰만 만지작거렸다. 할머니는 따라

오라는 말을 하고 출발했다. 휴대폰과 할머니를 번갈아 보면서 나는 할머니를 따라 걸었다. 나와 할머니 사이에는 성인 남성 한 사람의 간격이 되었다가 점점 멀어지고 있었다. 휴대폰을 보다가 할머니가 어디 있는지 보려고 고개를 돌렸는데 할머니가 사라졌다. 나는 급히 할머니를 찾으려고 두리번거리며 뛰고 있었는데 옆에서 나를 부르는 소리가 들렸다.

왼쪽으로 난 골목길 안으로 들어가니 할머니가 서 계셨다. 하늘색으로 칠해진 슬레이트 지붕과 콘크리트로 지어진 집이었다. 초라했다. 문을 열고 들어가니 외부와는 다르게 깔끔하게 정돈되어 있었다. 방 한쪽에 내 짐을 정리하고 휴대폰을 보니 오후 5시 22분. 할머니는 어디에 가셨는지 보이질 않았다. 와이파이는 터지지 않아서 나는 데이터를 켜고 게임을 했다. 한 시간이 지났을까. 갑자기 게임이 느려지더니 멈췄다.

"아, 젠장."

나는 할 수 없이 휴대폰을 꺼야만 했다.

할머니가 돌아왔다. 나는 문을 열고 할머니가 있는 주방으로 갔다. 할머니는 닭을 손질하고 계셨다. 나는 '도와드릴까요?'라고 말했지만, 할머니는 괜찮다고 했다. 나는 멋쩍어서 방으로 돌아갔다. 할 일이 없는 나는 방에 누웠다가 일어섰다가를 반복했다. 자꾸만 마음이 허전하고 기운이 없었다. 창문을 보니 나무 한 그루가 서 있었다. 나무를 뚫어지게 쳐다보다가 할머니가 부르는 소리에 방을 나갔다.

밥상엔 푸짐한 음식이 가득했다. 터질 것만 같은 고봉밥과 몸국과 소라 젓갈 그리고 닭볶음탕이 있었다. 할머니가 먼저 밥을 뜨자 나도 숟가락을 들려고 했는데 할머니의 밥은 콩밥이었다.

밥을 다 먹고 나자 심심했던 나는 밖에 나가려고 신발을 신었다. 할머니도 같이 가겠다고 해주셨다. 할머니와 함께 밖에 나가니 전부터 계속 가슴이 답답했던 게 사라졌다. 바람이 쌀쌀해서 시원한 걸까? 아니면 머리가 개운해진 건지, 지저귀는 새의 노래가 마음을 편하게 한 건지, 나는 할머니와 왔던 길을 다시 걸으며 얘기를 나눴다. 올 때는 얘기를 거의 못 나눴지만, 할머니의 눈을 보며 대화하는 것이 썩 나쁘지 않았다. 주위를 보니 나무들과 여러 꽃들이 있었다. 할머니는 나에게 식물들의 이름과 종류를 말해주셨다. 놀랍게도 내가 어릴 적엔 꽃과 식물들을 가지고 놀았다는 말씀도 해주셨다.

나는 쑥스러운 듯 웃으며 고개를 돌렸다. 고개를 돌린 내가 본 것은 넓고 평평한 들판의 잔디밭이었다. 잔디가 이렇게 멋있었나? 하며 걷는 나에게 할머니가 웃으며 청보리라고 해주셨다. 나는 청보리, 청보리를 반복하면서 갈대같이 긴 청보리가 올 때도 있었나 머리를 긁적였다.

다시 집으로 돌아온 우리는 집 앞에 놓인 평상에 앉아 하늘을 보았다. 순간 헉, 소리가 나올 만큼 수많은 별이 하늘을 둘러싸고 있었다. 별들을 가만히 보니 내 마음속에도 별이 반짝이는 듯 밝아지며 기분이 좋아졌다.

나의 기분이 좋아지고 상쾌해진 것은 바람, 꽃, 나무, 청보리, 할머니와 함께 걷는 가파도의 자연이 나에게 마법을 부린 덕분일 것이라는 생각이 들었다. 나는 눈을 감으며 생각했다. '아, 좋다.'

아침이 밝았다. 나는 할머니와 헤어지고 가파도 포구로 나갔다. 나는 꽃과 나무를 찬찬히 바라보다가 다시 한번 청보리 물결에 눈을 감았다. 배를 타고 집에 도착한 나는 집 앞에서 나무를 보았다. 나무는 가파도에서 본 나무였다. 나무는 오래도록 내 집 앞에서 자라고 있었는데도 내 눈엔 마치 처음 보는 것 같았다. 그동안 나는 무엇에 정신을 팔고 있던 걸까? 나는 잠시 생각했다.

아, 그래. 동백나무였지.

호구가 아니다

이상협

내가 초등학생이었을 때의 일이다. 재일이랑 학교에 가던 나는 정문 앞에서 '사랑의 나눔'을 만났다. '사랑의 나눔'이란 일종의 불우이웃을 돕는 행사였다. 학교에서는 일주일에 세 번 정도 '사랑의 나눔' 행사에 동참하자고 권장하고 있었다. 나는 지갑을 열어 천원을 꺼내어 모금함 앞으로 다가갔다. 내 앞에 서 있던 학생은 오백원을 모금함에 넣고 갔다. 그 뒤로 나는 천원을 모금함에 넣고 재일이에게 다가갔다.

"넌, 돈을 기부하는게 아깝지 않냐? 요즘 인터넷 뉴스를 보면 저런 모금 단체에서 비리를 저지르는 일도 많던데……. 너 호구짓 하는 거 아니냐."

나는 '호구'라는 말에 굉장한 충격을 받았다. 내가 지금까지 타인을 위해 했던 기부가 호구짓일 수도 있겠다는 의심이 들었다. 그 후로 나는 기부에 회의감이 들었다. '내가 기부를 꼭 해야만 할까?' 이런 생각이 들자 '내 돈이 호구짓 하는데 쓰일 수도 있다는데' 에서부터 '기부가 나한테 주는 이익은 없고 손해만 있는 것 같은데' 까지 많은 생각들이 나를 괴롭혔다.

이틀 후, '사랑의 나눔'을 하고 있었지만 나는 그냥 지나쳤다. 단순히 돈이 없어서가 아니라 기부의 의미를 잃어버렸기 때문이었다. 내가 모금함을 지나치고 있던 순간, 내 마음속이 공허해졌다. 뒤를 돌아보니 그때 그 학생이 오백원을 넣고 있었다. 마치 호구짓이어도 좋으니 나눔을 멈추지 않겠다는 자동차와 같았다. 달리기를 멈추면 자동차가 아니라 고철이라는 듯.

요즘 들어 사람들의 기부와 나눔이 점점 줄어들고 있는 추세이다. 그 이유가 치솟는 물가와 집값 상승 등등 여러 가지이다. 내가 생각하는 가장 큰 이유는 '호구'라는 단어의 등장 때문이라고 본다. '호구'란 무엇일까? 호구는 이용해먹기 좋은 사람을 뜻한다. 호구라는 말이 나오면서 사람들은 나눔이나 기부가 자신한테 이익을 가져다주지도 않고 좋은 점이 없다고 말한다. 그래서 기부와 나눔이 많고 서로 돕는 활기찬 세상을 만들기 위해서는 인식의 개선이 필요하다.

먼저 전에는 기부를 했지만, 지금은 기부를 호구라고 생각하는 나에게 물었다. 나는 왜 기부를 하였을까? 나의 기부 목적은 무엇이었을까? 나눔과 기부는 개인의 이익과 자신의 이익을 위한 것이 아닌 세상과 우리 모두를 위해 하는 것이다. 대가를 바란 나눔과 기부는 거래이다. 기부가 거래라고 생각하는 사람이 기부와 나눔이 호구라고 말하는 사람들이다. 이렇게 찬찬히 짚으며 내 자신에게 묻자, 호구라는 말에 신경 쓸 필요가 없다는 생각에 이르렀다. 내가 기부와 나눔을 하면서 느꼈던 벅찬 감동과 설렘이란 감정은 어떤 감정보다 뜻 깊었기 때문이다. 아무 이유 없이 나눔을 실천했다는 그 자체만으로 박수 받을 행동이었다고 내 자신을 격려했다.

호구라는 말이 나의 브레이크가 될지 엑셀이 될지는 운전자인 내가 선택할 일이다. 달리는 도중 호구라는 장애물에 걸려 넘어질지 아니면 장애물을 뛰어 넘을지는 나의 선택이다. 그 누구도 나의 앞을 막을 수는 없다. 달리는 도중 장애물이 있어도 나의 나눔을 위해서 달린다는 사실 자체가 가장 귀한 의미라는 것을 알게 되었다. 내 앞에서 여전히 웃으면서 오백 원을 넣는 그 학생 또한 깨달음을 꾸준히 실천하고 있음이다.

우리 모두 같은 학생

이상협

중학교 입학식 날, 기대 반, 걱정 반의 마음으로 반에 들어 갔다. 주변을 둘러보니 알고 있던 애, 초등학교에서 몇 번 마주쳤던 애, 아예 처음 보는 애 이렇게 세 종류로 나뉘었다.

배정된 반에 들어가 눈에 띄지 않는 자리에 앉았는데, 내 옆자리에 채우가 있었다. 채우는 초등학교 5학년 때 같은 반이었고, 꽤 친했으므로 반가웠다. 내가 먼저 인사를 하자 그는 나를 바라보며 고개만 끄덕였다. 나는 순간 민망하고 당황스러웠다. 물론 3년 만에 봤다지만 고개만 끄덕이는 건 어쩐지 실망스럽고 섭섭했다. 너무 하지 않나 라는 생각마저 들었다.

입학식이 끝나고 지루한 OT가 끝나 쉬는 시간이 되었다. 교실 밖으로 나가 작년에 친했던 친구들을 찾아 놀았다. 다시 교실에 들어 와보니 채우는 얌전히 자리에 앉아 있었다. 나는 채우 옆으로 가 다시 한 번 반갑다며 말을 걸었지만 그는 돌처럼 가만히 정면을 응시했다. 나는 장난끼가 발동했다.

"야, 너 벙어리니? 왜 인사를 해줬는데 가만히 있어?"

순간 채우의 얼굴이 모아이 석상처럼 굳어졌다. 나는 무슨 실수라도 했나 싶어

"무슨 일 있어?"

라고 물었다. 채우는 나를 한 번 쳐다보더니 아무 말도 하지 않았다. 나는 답답해졌다. 수업 시간인데도 마음이 채우 쪽으로 쏠렸다. 채우가 갑자기 몸을 굽히더니 가방을 뒤지기 시작했다. 가방 안에서 노트를 꺼낸 채우는 뭔가를 썼다. 채우가 쓴 글을 보고 나는 놀랐다.

"나 초등학교 6학년 때 실어증에 걸려 말을 못 해."

나는 너무 당황했다. 이게 무슨 말인지 한참 머뭇거렸다. 3년 전까지만 해도 멀쩡하던 애였는데 난데없이 실어증이라니 ……. 나는 나의 지난 행동이 부끄러워지기 시작했다. 그래서 채우의 노트에 이렇게 적었다.

"미안해."

내가 살면서 지금까지 장애를 가진 친구를 몇 번인가 마주친 적은 있다. 하지만 채우가 막상 실어증이라고 하니 나는 앞으로 그 애를 어떻게 대해야 할지 막막했다. 그래서 그냥 예전

처럼 채우를 대했다. 채우는 지금도 예전처럼 밝고 차분한 아이였다. 단지 불편한 점은 대화가 힘들다는 것뿐이다. 장애를 가지기 전과 가진 후의 채우는 똑같은 채우였다.

'채우가 입학식 날 교실 밖에도 나가지 않고 자리에만 앉아 있던 이유가 무엇이었을까? 무엇이 채우를 아프게 하고 기를 죽인 것일까?' 나의 궁금증을 물어보기로 마음먹었다. 채우는 노트에 자신의 심정을 써내려갔다.

"장애를 가진 것은 불편하긴 하지만 힘들지는 않았어. 그저 그 병을 얻고 그 후로부터 나를 바라보는 시선들과 동정 그런 것들이 나를 힘들게 했어."

나는 적힌 글을 읽자 미안해졌다. 나도 채우가 실어증이라고 했을 때 동정의 마음이 먼저 들었기 때문이다.

채우랑 가까이에서 지내다 보니 장애보다도 장점이 더 눈에 들어 왔다. 나는 원래 대화를 할 때 남의 말을 잘 듣지 않고 빈속의 껍데기 마냥 대화를 해왔다. 하지만 채우랑 대화를 할 땐 남의 말이 끝날 때까지 기다리는 습관이 생겼다. 또한 듣는 게 아닌 노트를 보고 이야기를 하니까 채우의 생각과 감정을 더 잘 이해하게 되고 공감하게 되었다. 나의 대답도 한 번 더 마음속으로 정리하고 말할 수 있게 되었다.

누구나 나와 채우처럼 언젠가 장애를 가진 친구를 만나게 될 수도 있다. 그러나 장애를 가졌다고 위로하고 안타깝다고 말하지 마라. 분명 당신한테는 위로의 말을 건넨 것일 수 있으나 듣는 사람에게는 그렇지 않을 수 있다. 평범함의 씨앗이 들어가지 않은 동정으로 들릴 수 있기 때문이다. 위로와 안타깝다고 말하는 것은 자칫 정상과 비정상을 구분 짓는 것이 될 수 있다. 우리는 그 기준에 사람을 가두지 말고 학생 또는 친구, 사람으로써의 기준을 맞춰야 할 것이다.

나의 기준이 아닌 상대방의 기준에 맞춰보자. 학교생활은 장애가 없는 아이만 하는 게 아니라 학생 자체가 하는 것이다. 장애라고 하는 것은 특별하다거나, 이상하다거나, 다르다고 생각할지 모르지만, 장애 그 자체가 특별한 것이 아니다. 우리가 그 아이를 장애인으로 대하는 순간부터 그 아이는 특별해지고 우리와 다른 아이, 이상한 아이가 되는 것이다. 장애가 있는 아이, 없는 아이를 똑같이 대해야지 우리 모두 같은, 함께 생활하는 학생이 되는 것이다.

야생동물 구하기

문재원

　나의 아빠는 두 종류의 직업을 가지고 있다. 아빠의 첫 번째 직업은 천막을 만드는 일이다. 이 일은 아빠가 제일 좋아하는 일이다. 직장일 같은 업무는 아빠의 적성에 맞지 않았다. 그래서 찾은 일이 천막을 만드는 일이다. 아빠는 집들이나 행사장에 가서 천막을 친다. 큰 행사 중에는 들불축제, 자리돔축제 등이 있다.

　아빠의 두 번째 직업은 로드킬과 야생동물 구조이다. 로드킬은 도로에 야생 노루나 새가 있는 경우이다. 보통은 강아지, 고양이 등 다른 동물도 포함 되지만 나의 아빠는 야생 노루와 새를 담당하고 있다.

　노루가 로드킬을 당했을 때, 아빠는 시체들의 사진을 찍어서 로드킬 앱에 올린다. 시체를 처리하기 위해서 큰 바구니에 시체를 넣고 사무실로 가져 온다. 시체에서 진드기를 제거하고는 시체를 처리한다. 새의 시체를 처리할 때는 벌레 퇴치약을 뿌려서 새의 시체 주변 벌레들을 제거한다.

야생 동물 구조는 아빠뿐만 아니라 엄마도 도와주고 있다. 그리고 로드킬에는 족제비와 같은 야생동물도 해당한다. 신고할 때는 국번 없이 120번을 누르면 아빠가 출동을 할 것이다.

나의 아빠는 정말 멋있는 사람인 것 같다. 천막 일은 무거워서 힘이 들텐데, 로드킬까지 담당하신다. 야생동물을 위해서 밤중에도 출동하여 달려가는 아빠가 제주의 야생동물 지킴이 같다.

부처님의 거울

문재원

2020년과 2021년은 코로나로 뒤덮였다. 정확히 말하면 2019년 11월부터 지금 2021년 5월까지 바이러스 하나로 중국부터 시작해서 전 세계가 고통받고 있다. 가게 문을 닫았고, 마스크는 기본으로 써야 한다. 많은 사람들이 일자리를 잃었다. 하지만 지금 2021년엔 백신이 개발되어 사람들이 백신을 맞고 있다. 사람들은 백신이 개발되었음에도 불구하고 여전히 불안해한다. 여전히 코로나 집단 감염이 계속 생겨나고 있기 때문이다.

나는 코로나가 시작되기 전엔 일요일마다 절에도 다니고 학교도 잘 다니는 초등학생이었다. 하지만 코로나가 시작되자 절도 두세 달에 한 번 겨우 가고 학교도 가는 게 들쭉날쭉이 되었다. 절이나 학교의 행사도 거의 취소되고 말았다. 나는 마스크 때문에 피부가 나빠졌고, 우리 가족은 돈벌이가 어려

위겼다. 육지에 사는 친오빠들도 못 내려와서 생일 땐 기프트 콘으로 생일 선물을 보내준다.

의료진들은 코로나가 시작되고 부터 두꺼운 의료복을 입고 있다. 가족을 잘 만나지 못하고 매일 불안해하며 지내고 있을 것이다. 한여름엔 의료복 안이 너무 습하고 땀이 차서 살도 벗겨지고 진물도 날 텐데. 의료진들이 사람들과 자신을 위해 그렇게 고통받으면서도 의료복을 입고 코로나 검사도 해주고 코로나에 걸린 사람을 도와주는 모습이 정말 멋있다.

내가 의료진이라면 코로나로 뒤덮은 세상에서 한시도 못 버틸 거 같다. 집에 사랑하는 가족이 있는 곳으로 가서 가족이랑 집에만 있을 텐데 그걸 놔두고 많은 사람들을 위해 땀 흘리고 있다. 살에서 진물이 나는 고통을 받으며 사람들을 위해 살아가는 게 존경스럽다. 얼굴도 모르고, 처음 보는 사람을 돕는게 쉽지 않은 일일 텐데. 어떻게 그런 마음가짐을 가졌는지 궁금하다.

부처님 오신 날엔 나처럼 의료진들도 부처님께 절을 하고 있을 것이다. 내가 만약 의료진이라면 '부처님, 감사합니다. 부처님의 제자여서 다행입니다.'라고 기도할 것이다.

사람들은 부처님을 보고 싶어 한다. 절을 가도 부처님을 뵐 순 없다. 하지만 의료진이라면 어쩌다 한번쯤 봤을 것이다. 부처님의 마음으로 선한 일을 하다 보면 부처님을 만나게 될 것이라고 나는 믿는다.

새별 오름

이현지

나는 친이모와 새별 오름을 올랐다. 처음엔 안 힘들다고 생각했는데 점점 올라가니 힘들었다. 그래서 줄을 잡으며 올라갔다. 마침내 정상까지 올라갔고, 휴대폰으로 사진과 동영상을 찍었다. 비명을 지르다가 브이, 김치를 하면서 사진을 찍다 보니 배가 고팠다. 또다시 내려갈 땐 힘들었다. 헉헉.

내려가는 길은 가팔랐다. 줄을 잡고 내려갔지만, 배가 고프고, 어지럽고 더웠다. 끝까지 내려가서 손을 씻었다. 짱 맛있는 자몽주스와 수박주스 그리고 황금주스를 마셨다. 이 중에 제일 맛있는 것은 두구 두구, 짠~

황금주스다. 황금주스는 오렌지를 돌려서 즙을 내고는 얼음과 함께 사탕수수 즙을 넣는다. 이 맛은 마치 내가 수영장에서 신나게 수영을 하고 나서 마시는 주스와 같다.

새별 오름의 풍경도 좋았지만, 프로펠러가 달린 모자를 쓰고 갔더니 바람을 따라 돌아가서 재미있었다. 아버지와 작은 아버지에게 새별 오름에 오르자고 해야겠다. 아버지와 작은 아버지는 살이 쪄서 통통 하시니까, 오름을 다니면서 살을 좀 뺐으면 좋겠다.

새별 오름 근처에서 말과 타조를 키우는 식당을 보았다. 타조는 처음 보는데 역시 목이 길었다. 새별 오름에서 보는 풍경과 프로펠러의 바람과 타조는 좋았지만 오름은 힘들다.

각자의 삶

원도현

육지에서 이런 말을 들은 적이 있다.

"제주도? 그런 촌구석에서 뭐 하려구?"

"빨리 거기서 나와야지, 시골여자 되고싶어?"

확실히 우리는 육지에서 보기엔 시골일지도 모른다. 하지만 우리는 그들과 같은 시간대를 지나고, 가지고, 소비하고 있으며 우리는 결코 그들보다 못 한 삶을 살고 있지 않다. 우리는 앞에 바다를 두고 살고, 뒤의 산과 오름을 두고 산다. 우리도 육지와 마찬가지로 테마카페가 있으며 다○소가 있고, 아트○스가 있으며 롤러장이 있다. 우리는 큰 쇼핑몰이 있진 않지만 옷을 책임져주는 칠성로가 있고, 우리는 기차는 없지만 소설 속 여주인공이 된 기분을 느낄 수 있는 아름다운 길이 있고, 우리는 동물원은 없지만 동물을 더욱 가까이서 본다. 그렇다면 우리는 잘난 육지보다 못 한 점이 없으며 시골이라며 무시 받을 이유가 없다.

확실히 육지에는 있지만 제주에는 없는 것들이 많다. 이제
와서 무슨 말인가 할 수도 있겠지만 인정할 것은 인정하자는
말이다. 제주도에는 기차, 쇼핑몰 등 육지에선 기본인 것들이
없기는 하지만 육지에서도 앞뒤로 바다와 육지를 끼고 사는
지역이 있을까? 하지만 두 곳 모두 각자의 방식대로 빈 공간을
채워 넣는다. 제주에 쇼핑몰은 없지만 그래서 더욱 찾아보는
맛이 있고, 제주에 기차는 없지만 어여쁜 유채꽃 길이 있다.
육지도 숲은 없지만 여러 공원이 있고, 테마파크는 없지만 큰
놀이공원이 있다. 내가 말 하고 싶은 것은 육지보다 제주가 뛰
어나다는 것도 , 이상한 우월주의에 빠진 것도 아니다. 그냥
동등하게 대해 달라는 것, 그것뿐이다. 사람들은 은근 오지랖
이 넓고 참견하는 것을 좋아하는데 남의 삶에서 부디 각자의
삶에서 각자를 존중하며 선을 지켜주길 바란다. 우리는 확실
히 육지의 아이들보다 못한 환경에 있을지 모르지만 그 만큼
여기의 아이들은 그 누구보다 꿈을 향해 달려간다. 공부를 할
수도 있지만 자신의 재능을 벌써 살려내는 친구들도 많고 의
사가 되기 위해 과학고를 준비하는 친구들도 많다. 이곳의 아
이들은 공부가 다가 아니라는 것을 몸소 보여주고 알고 있다.

이렇게 뭐 하나 떨어지는 것 없는 우리는 각자의 자리에서

각자의 방식대로 각자의 삶을 살고 즐긴다. 각자의 방식과 삶을 부디 존중해주길 바란다.

벌초하는 날

오정후

최근에 나는 제주에 관한 책인 〈제주, 아름다움 너머〉를 읽었다. 제주의 자연과 문화가 담긴 책이었다. 그 중에 제주 도민인 내가 가장 많이 경험해본 행사를 뽑자면 당연히 벌초라고 말할 수 있겠다. 우리 가족은 매년 음력 8월 즈음에 벌초를 한다. 우리 가족이 하는 벌초가 책에 나오는 모둠벌초 정보와 무엇이 같고 다른지 비교하고, 내가 겪은 제주문화를 알리고 싶어졌다.

우선 우리 가족은 벌초 전날에 할아버지 댁에 들려서 잠을 자고 일찍 벌초를 하러간다. 할아버지 댁 근처에 가족묘지가 있고, 어차피 할아버지와 할머니도 벌초를 할 것이기 때문이다. 날이 밝으면 가족묘지에 가서 벌초를 하게 된다. 이때 나는 항상 글괭이를 들고 풀을 긁어모아 처리한다. 분명 어릴 땐 크면 호미 같은 걸로 풀을 자를 수 있다고 친척들이 말했지만, 나보다 어린 애들은 벌초에 참가하지 않아 아직도 풀무더기를 긁어모으고 있다. 벌초가 끝나면 다 같이 모여 고기, 생선, 빵 같은 음식을 나눠먹는다. 일본에 계신 친척들의 안부도 잊지 않는다. 이렇게 정오 즈음에 우리 가족의 가장 큰 행사가 끝난다.

우리 가족의 벌초는 전반적으로 책에서의 정보와 비슷했다. 특히 책에 나온 벌초사진 속의 풀무더기는 이제까지 그걸 모으는 일을 하던 내가 생각이 날 정도였다. 책에 나오는 동자석은 우리 가족묘지에는 없다. 도난당한건지 원래부터 만들지 않았는지 모르겠지만, 안타까운 일이라 생각한다.

내가 읽은 제주 관련 책들은 작년에 읽은 순이 삼촌 이후로 점점 늘어났다. 그만큼 제주의 역사나 문화를 지켜내고 싶다는 마음도 늘어났다. 어쩌면 제주의 문화를 잘 지키는 데에 있어서 벌초 같은 행사에 참가하는 게 바람직하다고 본다. 내가 경험한 일은 크든 작든 제주와 연관되어 있다. 벌초부터 시작해서, 제사 때 먹어본 빙떡, 한때 완주를 목표로 열심히 걷던 올레길, 외할머니가 주신 쉰다리 같이 경험은 너무나 소중하다. 내가 살면서 체험한 이러한 것들을 하나하나 기억하고 이어가면 문화가 보존될 것이라 생각한다. 이러한 체험에 동참하는 것이 거창하지는 않겠지만 내가 당장 실천할 수 있는 일들이다. 내가 자연환경을 망가뜨리는 골프클럽이나 리조트 건

설을 막을 순 없지만 조부모님이 하시던 일을 따라 할 수는 있다. 사소해도 이런 방식으로 내 다음 세대에게 값진 문화들을 물려줄 수 있을 것이다.

내가 이런 문화들을 보존하고 싶어 하는 이유가 있다. 누구에겐 그저 책에 몇 줄 나오는 남의 일이지만, 나에게는 평생 영향을 준 풍습이기 때문이다. 이미 사라져버려서 내가 체험하지 못한 문화들도 많다. 애초에 전통이나 문화가 영원히 그대로일 수는 없고 바뀌거나 사라질 수 있다는 것을 잘 알고 있다. 하지만 나의 삶의 터전이기도 한 제주도의 문화가 허망하게 사라지는 걸 보고만 있을 수는 없다. 올레길 주변에 포크레인과 공사장이 있고, 벌초를 대신해주는 서비스가 익숙해진 요즘이다. 이런 것들을 보면 내가 알던 제주가 맞나 의문이 들기도 한다. 특히 요즘은 코로나19 때문에 제사 때 다들 만나지 못해 이러한 안타까움이 가속화되는 것 같다. 코로나가 끝나면 할아버지네 집으로 가서 주요한 행사에 참여하고 싶다. 그리고 내 고향의 문화이자 나의 추억을 지키면서 간직하고 싶다.

온라인 귤따기

오정후

내가 조부모님 댁을 찾아갈 때마다 놀라는 건 두 분께서 함께 넓은 감귤밭을 가꾸신다는 거다. 비닐하우스와 수많은 감귤나무가 빽빽이 들어선 밭을 할아버지와 할머니께선 아무렇지 않다는 듯 농사를 지으신다. 하지만 두 분도 감귤을 따는 일은 힘에 부치시는지 우리 가족을 포함해서 평소에는 만나기도 힘든 친척들까지 불러 모아서 같이 감귤을 따게 하신다. 작년에도 역시 두 분의 일을 돕기 위해 친척들이 밭 주변의 돌담으로 하나둘 모이기 시작했다. 그러나 이번에는 두 분이 보이지 않았다.

할머니께서 코로나19에 걸리셨다는 소식이 전화로 전해졌다. 전날 저녁에 아파서 병원에서 검진을 받으셨는데, 코로나19에 걸렸다고 아침에 전화가 왔다는 것이었다. 할아버지도 자가격리를 해야 하는 상황인지라, 우리는 졸지에 두 분 없이 귤을 수확해야 하는 상황이 되었다. 시간이 지체되어 눈이라도 내린다면 맛이 없어진다. 그렇기에 오늘 이내로 모든 나무에 달린 귤을 따야 했다.

평소에 밭일을 총괄하던 사람이 없어지자, 우리는 모두 혼란에 빠졌다. 그때 외삼촌이 우리끼리 할머니 대신 밭일을 끝내자고 하셨다. 모르는 건 할아버지께 전화로 물어보면 된다는 것이었다. 우리는 전정 가위로 귤을 하나하나 따기 시작했다. 처음에는 다들 어색했지만, 모르는 걸 서로 조언하면서 점차 속도가 붙기 시작했다. 그래서 점심때쯤에는 많게만 보였던 일이 점차 줄어드는 걸 보니 기분이 좋아졌다.

점심때가 되었을 때, 모르는 할머니가 몸국을 들고 오셨다. 어머니께선 그 할머니를 반갑게 맞이해주셨다. 그 할머니는 우리 할머니와 친한 사이셨는데, 할머니가 몸져눕자 친구네를 위할 겸 예전에 받은 도움도 갚자는 생각으로 점심을 사 온 것이었다. 할머니의 몸국 만큼은 아니지만 따뜻한 국물이 일로 인한 피로와 굳어졌던 생각을 풀어지게 만들었다. 몸국을 먹으니 할머니와 할아버지가 더욱 그리웠다. 할머니 친구분께선 양애끈무침을 주시면서 할머니께 전해달라고 말하셨다. 이렇게라도 궨당을 도와야 하지 않겠냐면서.

점심을 맛있게 먹고 나니 몸이 노곤해지면서 졸음이 몰려

오기 시작했다. 일하는 속도도 오전보다 느려졌다. 잡생각이 많아졌다. '이 일이 끝나려면 저녁은 되어야 할텐데.' '가만 보자, 내가 내 방 불을 끄고 나왔었나?' '내일은 월요일인데…어?' 정신을 차려보니, 내가 귤을 콘테나에 가득 담은 채로 계속해서 콘테나를 쌓고 있었다. 그 안에 있던 귤들은 콘테나에 눌려 짓이겨졌다. 평소에 일할 때는 하지 않았던 실수였다. 예전에는 할아버지께서 내가 딴생각을 할 때마다 주의를 주시거나 말을 걸어주셔서 일에 집중하면서도 지치지 않았다. 그래서 실수도 거의 하지 않고 능숙히 맡은 일을 할 수 있었다. 항상 귀찮다고 생각했던 할아버지의 잔소리가 다시 듣고 싶었다.

큰 사고를 치고 나서, 나는 다시 집중해서 일을 했다. 귤을 전정 가위로 조심스레 자르고, 콘테나에 신문지를 서너 개 깔아서 삼촌께 보냈다. 감귤이 담겨진 콘테나를 철수레에 담아 자동차 트렁크로 옮겼다. 날이 어두워질수록, 전정 가윗날도 초록빛으로 물들어갔다. 그렇게 계속 일을 하던 중에, 부모님께서 여섯 시가 됐다는 것을 알려주셨다. 이제 진짜로 끝난다는 마음으로 마지막 귤들을 따기 시작했다. 가장 높은 가지에 있던 귤을 따고, 나는 내가 조금이나마 할머니와 할아버지에게 보탬이 되었다는 사실에 기뻤다.

그날 밤에, 할머니께서 내게 전화를 거셨다. 목소리가 잘 나오지 않는 듯하셨다. 할머니께선 이번에 자신 대신에 일을 더 많이 했는데도 용돈을 주지 못해서 미안하다고 하셨다. 다음에 코로나가 완치 되면 만 원이라도 주시겠다고 하셨다. 할머니의 상태는 좋지 않으셨다. 병원에서 이제 막 돌아오셨지만 여전히 자가격리를 해야 했다. 말을 할 때마다 늘어나는 잔기침은 할머니를 더욱 괴롭게 했다. 하지만 할머니께서는 걱정하지 말라고 하셨다. 할머니는 양애끈무침에 국과 김치로 밥을 챙겨 드셨다고 했다. 일도 내가 다 해줘서 걱정이 없다고 하셨다. 할머니의 말은 내가 공부하다 지칠 때마다 자주 떠올리게 되었다. 코로나에 걸리신 할머니도 저렇게 견디셨는데, 나도 못할 건 없다는 식이었다. 덕분에 성적도 조금이나마 올랐다. 올해도 아마 할머니께서 귤 따러 오라고 말씀하실 거다.

올해에도 무슨 일이 생길지 모르겠다. 코로나19가 다시 퍼지고 있어서 마음 놓기가 애매하다. 하지만 이번에도 작년처럼 열심히 일하면 귤 농사는 풍년이지 않을까 싶다.

이웃을 돕는 일의 기쁨

오정후

매년 초등학교에선 5월에 플라스틱으로 된 기부함을 주고는 영상을 보여주었다. 동영상에는 굶주리는 아프리카 아이들이나 집이 부서진 시리아 아이가 어두운 표정으로 서있었다. 선생님께선 우리에게 이런 아이들을 돕기 위해서 우리가 돈을 모으면 상황을 바꿀 수 있다고 하셨다. 나는 아이들을 돕기 위해서 집에 있는 저금통에 있는 동전을 형광색 기부함에 옮겨 담았다. 기아, 난민, 북극곰을 도우라는 선생님의 말을 들을 때마다 적어도 지폐 한 장은 기부하려고 했다.

하지만 해가 지나면서 학교에서도 기부에 대한 언급을 줄여갔고, 자연스럽게 내가 기부하는 액수도 줄기 시작했다. 특히 시민단체에서 논란을 일으킬 때마다 기부금액은 곱절로 줄었다. 기부에 대해서도 부정적인 생각이 늘었다. 일단 내가 돈을 내더라도 결과는 크게 바뀌지 않는 것 같아보였다. 그리고 내가 보낸 돈이 온전히 전해지기는 하는지도 의심스러웠다. 무엇보다 가장 크게 거부감이 들기 시작한 것은 나눔행사라고 하는데도 나에게 강요한다는 느낌이 들었다. 왜 내가 굳이 기부함을 다 채우고 와야만 했는지 이해가 가지 않았다. 선생님은 그 기부함에 돈을 넣기는 했는지, 나만 호구가 된 건 아닌지, 많은 생각이 들었다.

그렇게 나눔이라는 말과 연을 끊고 살고 있었을 때, 내가 이제까지 진정으로 자발적으로 나누거나 봉사하지 않았다는 걸 알아챘다. 생각해보니 나는 선생님이 기부하라고 한 것 빼고는 제대로 기부한게 없었다. 내가 직접 봉사활동 단체를 찾아보기로 했다. 알고 보니 국경 없는 의사회 같은 건실한 단체도 있었다. 물론 여전히 호구라는 단어가 거슬리긴 했지만 이왕 호구가 될 거면 자발적으로 하자고 마음을 다잡았다. 그래서 우리 동네 주변부터 살펴보기로 했다. 요양원에서 할머니를 즐겁게 해드리는 일을 맡았는데, 처음에는 할머니의 목소리가 작아서 알아듣기 힘들었지만 내 힘으로 대화를 이어가면서 할머니께 웃음을 드리다 보니 봉사 후에는 가슴에 무언가가 벅차오르는 게 느껴졌다. 자발적으로 이웃을 돕는 일의 기쁨은 예상보다 훨씬 더 컸다. 그날, 할머니의 미소를 보면서 내가 이제까지 나눔을 너무 어렵게 생각하고 있었나 싶었다.

우리 동네에서 10분 정도 걸어 가다보면 웬만한 2층 건물과 맞먹는 크기인 사랑의 열매가 달린 전광판이 있었다. 그 전광판에는 현재 우리 사회의 나눔 온도가 표시되어 있었다. 그곳을 지나갈 때마다 나는 큼지막한 전광판에 놀랐고 그걸 빨간 조명으로 물들이며 표시되는 나눔 온도의 숫자들을 보며 다시 놀라곤 했다.

삼사년 전에 내가 그 거리를 다시 갔을 때, 나는 또다시 놀랄 수밖에 없었다. 물론 이제는 건물들의 크기가 워낙 커져서 전광판의 크기가 상대적으로 작아진 것도 있지만 표시된 온도가 너무 낮았기 때문이다. 세 칸을 겨우 밝힌 온도를 봤을 때, 솔직히 조금 당황스러웠다. 하지만 해가 갈수록 낮아지고 이제는 26도에 머무르는 온도를 보며 내 반응도 무뎌져만 갔다. 다만 볼 때마다 초라하게 박힌 전광판의 '나눔'이라 써진 글씨가 눈길을 끌었다.

나눔이란 단어가 원래 저렇게 야박한 취급을 받지 않았다. 오히려 지금도 나눔에 대한 소식이 들리면 여전히 감동적이라는 반응이 많다. 나도 마찬가지로 나눔에 대해 좋게 생각한다. 나눔이라는 말 자체가 따스하고 내 양심을 다시 살피게 하기 때문이다. 또한 사회의 사각지대에 있는 소수자들을 기부나 봉사 같은 다양한 방식으로 돕고 사람들에게 세상은 아직 따뜻하단 걸 확인 시켜주기도 한다. 특히 가끔씩 나오는 어려운 상황에 처한 피해자들을 사람들이 힘을 모아 도왔다는 식의 뉴스를 보면 모르는 사람들이 저런 방법으로 하나가 될 수 있다는게 대단하게 느껴졌다. 하지만 문제가 있다. 이제는 나눔이 보이지 않는다는 거다.

물론 여전히 나눔을 실천하며 사는 사람은 많다. 하지만 대다수 사람들의 머릿속에서는 잊혀졌다. 어느새 부턴가 내가 인터넷에 들어갈 때 혐오나 논란이란 단어가 자주 보이기 시작했다. 물론 몇 년 전만 해도 소수의 댓글에서만 보이던 거친 대화가 작년쯤에는 대부분 댓글란에서 상대를 헐뜯으며 싸워댔다. 그 사람들은 서로가 이 사회의 피해자이며 반대쪽은 일말의 노력 없이 특혜를 받고 우리를 혐오한다고 주장했다. 그리고 올해는 온 나라가 서로의 서러움을 토해내느라 소란스럽게 흘러가고 있다. 자신들이 가장 핍박받고 있다는데 어려운 이들을 도우라는 글귀가 눈에 들어올 리가 없다. 사람들은 자신의 피해를 강조하면서 반대 측의 피해는 넘어가고 서로 상대편이 그동안 받았던 이익을 올바르게 나누자며 모든 이를 공격한다. 그러면서 또 편이 나뉜다. 성별, 세대, 직업 같은 별별 기준으로 쪼개지면서 모두가 소수자가 된다.

최근 들어 이렇게 서로 갈라지며 나눔이 사건 속에 묻히고 있지만 나는 싸우는 사람들의 말을 완전히 무시해선 안된다고 본다. 그 사람들도 나름 사회에서 피해를 받는 면이 많았을 거다. 그럼 우리는 어떻게 해야 우리 사회를 다시 화기애애하게 만들 수 있을까? 모두가 소수자가 돼버리는 이 상황에 가장 필요한 건 결국 나눔일 것이다. 물론 우리는 다시 뭉칠 수 없다. 하지만 지금 우린 서로의 아픈 부분과 위기들을 또렷하게 보게 되었다. 이제는 돈이나 사랑뿐만 아니라 생각도 나눠야 한다. 서로의 요구를 이해하고 의견을 나눈다면 이제까지 있던 사회의 병폐를 나은 쪽으로 바꿀 수 있을 거다. 그리고 우리가 서로를 더 알려고 하는 자세를 갖춘다면 소수자들의 외침도 다시 빛을 보게 될 것이다.

나는 중학생이 되고 난 후에도 봉사와 나눔이란 단어가 여전히 어렵다. 하지만 자발적으로 자신의 재산이나 재능을 나누면 우리는 봉사나 나눔의 진정한 뜻을 알 수 있게 된다. 자발적이고 능동적으로 이웃을 돕는다면 요즘 들어 냉담해지고 외면당하는 사회의 마음을 다시 움직일 수 있다고 본다.

빨간 점

오정후

초등학생이었을 때, 나는 반이 바뀌는 걸 싫어했다. 반이 바뀌면 나와 잘 맞는 친구들을 또다시 만드는 게 너무 부담스러웠다. 그런데 막 고학년이 되었을 무렵, 나는 나와 나름대로 잘 맞는 애를 만났다. 그 애를 처음 만난 것은 급식실에 가기 위해서 줄을 설 때였다. 그 애 뒤에 서게 된 나는 심심해서 그 애에게 이름을 물어보았다. 그 애는 조용하게 '호식'이라고 대답했다. 그 애와 몇 마디를 나누고 다시 줄을 서며 급식실로 가려할 때, 나는 호식이의 머리카락 사이에 빨간 점이 깜박거리는 걸 보았다.

호식이가 내 앞 번호였기 때문에, 나는 줄을 설 때마다 호식이 뒤에서 저 빨간 점이 무엇일지 곰곰이 생각했다. 처음에는 내 눈이 나빠서라고 믿었다. 하지만 자꾸 빨간 점이 등대처럼 깜빡여대자 나는 호식이의 뒤통수를 가만히 살펴보았다.

귓등에 갈고리 모양의 장치가 뒤통수에 연결되어 있었고, 그것들이 함께 빨간 빛을 만들어내는 거였다. 이걸 보고 처음 든 생각은 딱 하나였다. '애가 사이보그인가?' 물론 아무리 봐도 그건 내 생각이 너무 앞서간 것 같다고 생각했다. 그 장치를 모른 체 하기로 했다.

며칠 후, 선생님은 반 아이들 앞에서 호식이가 사실은 난청을 갖고 있다고 했다. 앞 다투어 호식이와 난청에 대한 질문이 쏟아졌다. 선생님께선 난청은 소리를 잘 듣지 못하는 거라 하셨다. 덧붙여 호식이는 다른 것일 뿐 우리와 똑같은 학생이라며 친하게 지내라고 했다. 그리고 호식이 몸에서 빨간 점은 보청기의 장치라는 사실도 알려 주셨다.

사실, 그 뒤로는 나와 호식이가 부딪히거나 사건은 그리 많지 않다. 나는 시간이 지나면서 호식이와 모둠활동 같은 학교 수업 때마다 같은 조에서 자주 했고, 서로 죽이 잘 맞아서 쉽게 친해졌다. 나는 그 애를 장애인이 아니라 그림 잘 그리는 친구로 생각했다. 빨간 점이 깜박일 때마다 잠깐씩 호식이가 난청이 있었다는 걸 기억했지만 그날그날의 사건들 속에서 쉽게 잊혀졌다.

그러던 어느 날, 여느 때처럼 호식이와 다른 친구들과 함께 실없는 소리나 하면서 급식실에 가고 있었는데, 갑자기 호식이가 당황해 하기 시작했다. 다가가서 보았지만 별 문제가 없어 보였다. 그때, 나는 평소에 호식이의 머리에서 보이는 빨간 점이 없어졌다는 걸 알아챘다. 호식이의 보청기가 방전되어 꺼진 것이다. 하지만 나는 대수롭지 않게 생각했다. 사실은 오히려 장난기가 발동했다. 나는 호식이에게 무뚝뚝하거나 진지해 보이는 듯한 표정을 지으면서 세상에서 가장 맛있는 별은 파스타라는 식의 아재개그를 쳤다. 호식이의 빨간 점이 꺼지자 내 마음 속의 경고등도 꺼졌던 것 같다.

그때, 선생님이 했던 말이 떠올랐고 나도 더 이상 선을 넘지 않으면서 사건은 흐지부지 되었다. 하지만 지금까지 종종 미안해지는 일이다. 그때는 왜 그런 장난을 쳤는지 많이 후회했다. 매년 장애인의 날에 학교에서 틀어주던 수많은 영상들에서 나오던 무지한 비장애인의 행동을 실제로 내가 했다는 게 창피했다. 물론 후에 이런 일을 다시는 안하겠다고 약속했고, 호식이를 존중하면서 졸업했다. 이 일로 나는 친구의 단점을 가지고 놀리지는 말아야겠다고 느꼈다.

가끔씩 학교에서는 몸이 힘들거나 다친 애들이 많다는 걸 느낀다. 생각해보면 나도 눈이 좋지 않으니 몸이 건강한 것만도 아니다. 이런 걸 보면 모두가 호식이처럼 빨간 점을 가지고 있다는 생각이 든다. 빨간 점은 여드름이거나 알러지, 아니면 보청기일 수도 있다. 그리고 그 빨간 점을 단점으로 느끼거나 장애라고 생각하는 사람들도 있고 개성이나 장점으로 여기는 사람들도 있다. 솔직히 나는 이에 대해 왈가왈부할만한 지식이나 자신감은 없다. 사실, 지금 내가 호식이의 이야기를 밝혀도 되는지조차 헷갈린다. 그러나 내가 호식이와 함께 어울리고 지금도 가끔씩 말하면서 느끼는 한 가지는 사람이면 누구나 빨간 점이 있고, 그것에 대해 함부로 말하지 말아야 한다는 것뿐이다. 이건 장애인, 나아가 모든 사람에게도 통용된다. 그리고 장애인도 다른 사람과 마찬가지로 대하면 된다. 서로를 사람답게 대하면, 장애인을 동정할지 비웃을지 선택할 이유가 없다. 크게 보면 우리는 모두 빨간 점을 가졌다는 것만 기억하면 된다.

제주의 수문장

문지성

나는 아장아장 걸을 때부터 말을 탔다. 제주도는 문을 열기만 하면 하천, 나무, 바다가 보이는 아름다운 섬이자 신이 만들어준 섬이다. 이보다 좋은 섬은 그 어디에도 없다. 서울엔 없는 초원이 제주의 가는 곳 마다 있다. 말을 타고 초원을 달리며 보는 노을은 정말 아름답다.

제주도는 말을 쉽게 볼 수 있다. 말들이 많아서 승마 체험을 할 수 있다. 이처럼 제주도는 서울에 없는 것들을 간직한 곳이다. 서울에는 없고, 제주도가 간직해야할 것 중에 으뜸은 자연이다. 자연이 사라지면 나무들도 사라진다. 나무들이 사라지면 깨끗한 공기를 마시지 못 한다. 자연이 사라지는 일은 제주도의 어디에도 있어서는 안된다. 자연은 꼭 간직해야할 것이며, 자연을 훼손하는 사람은 어디에도 있으면 안된다.

내가 알고 있는 제주도의 문화자산은 돌하르방, 관덕정이다. 관덕정은 사또가 있었고, 병사들이 훈련을 했던 곳이다. 내가 사는 집 앞에는 돌하르방이 있다. 돌하르방을 볼 때면 왠지 수문장이 우리 집 앞을 지키고 있는 것 같다.

우리 할머니들은 부적을 집에 붙이곤 했다. 보이지 않는 귀신이 존재한다고 사람들은 믿고 있다. 그래서인지 돌하르방과 부적 등을 미신이라고 무시할 수도 없다. 할머니는 물 조심해라, 돌 조심해라 와 같은 말씀을 많이 하신다. 그래서 할머니는 수문장이다.

우리 엄마는 수문장 중에 대장이다. 그 누구도 따라올 수 없다. 그 이유는 우리 엄마가 제주도에서 태어난 자랑스러운 제주도의 딸이기 때문이다. 나도 곧 수문장이 될 것이다. 제주도에서 태어난 아들로서, 자연을 지키는 멋진 수문장이 될 것이다.

내가 수문장이 되려면 갖춰야할 조건이 몇 가지 있다. 첫째, 제주도를 자랑스럽게 생각해야한다. 제주도에서 태어나고 자라는 내가 제주도를 먼저 자랑스럽게 생각해야 다른 사람들에게 자신있게 제주도를 자랑할 수 있기 때문이다. 그러기 위해선 마음에 제주도를 아름답게 그려 넣을 것이다. 둘째, 부끄러운 일은 절대 하면 안된다. 내가 부끄러운 일을 하면 남들이 깔보고 따라하기 때문이다. 셋째, 쓰레기를 아무데나 버리면 안된다. 조상님들이 가꾸고 보호해준 곳에 쓰레기가 생기면 모두 실망할 것이다. 제주도는 나 혼자만의 낙원이 아니기 때문이다. 이런 조건을 갖춰야만 나는 엄마처럼 수문장이 될 수 있다.

제주도에 살면 육지 대도시의 문화생활을 누리지 못 할 거라고 말하는 사람들이 있다. 매일 바다와 한라산만 쳐다본다고 말을 하는 것 같다. 나처럼 학습만화를 좋아하고 놀이기구를 타며 먹거리를 좋아하는 아이들이 산다는 것을 잊은 듯하다. 제주의 아이들과 사람들은 함께 현대문명 속에서 변화를 받아들이고 있다. 그리고 제주사람들은 바쁘지만, 자신을 조용히 만들 수 있다. 세상이 바빠도 자신은 고요하게 만들기 위해 제주의 자연을 아끼고 소중히 다룬다. 사람들이 쉽게 지치거나 포기하지 말라고 자연과 문명을 함께 받아들였다고 생각한다. 제주는 그래서 신이 지구에 몰래 숨겨둔 보물섬이다. 나는 보물섬을 지키는 수문장이 되면 정말 좋겠다.

슈퍼 영웅이 된 해남

나는 원래부터 해남이 뭔지 알고 있다. 박재형 선생님이 쓰신 〈우리 아빠는 해남〉이라는 책을 읽고 나서 해남에 관심이 생겼다. 그런데 해녀가 잡아온 해산물을 많이 먹어봤지만 해남이 잡아온 해산물은 먹어보지 못 했다. 해남과 해녀는 똑같은 옷을 입을까? 해남은 해녀와 같은 종류의 해산물을 잡고 있을까? 너무 궁금하다.

내가 해남이라면 바다에서 수영을 할 수 있을까? 바다 속에서 눈을 뜰 수 있을까? 해남을 떠올리면 궁금한 것들이 계속 생겨난다. 그런데 해녀만 있어도 되는 데 왜 해남이 생겨난 걸까? 해남과 해녀가 해산물을 캘 때 비바람이 치면서 파도가 높다면 자신의 몸을 어떻게 보호할까? 만약 몸을 제대로 보호하지 못하면 돌에 부딪힐 수 있고, 숨을 쉬고 싶어도 파도 때문에 숨을 제대로 쉴 수 없을 것이다. 잘못하면 죽을 수도 있다.

해녀와 해남이 되면 목숨이 위험한 것 같다.

아빠 친구의 어머니는 해녀이다. 그래서 해산물을 많이 먹을 수 있다. 특히 해산물 중에서도 성게를 많이 가져오신다. 우리는 맛있게 먹지만 해녀 할머니는 얼마나 힘드셨을까? 아빠가 잔소리처럼 해산물을 먹기 전에 꼭 해녀와 제주 바다의 소중함에 대해 말씀하신다. 아버지 덕분에 해녀 할머니가 주신 성게가 더욱 귀한 것이라는 걸 깨달았다. 만약 해남이 잡아온 해산물을 먹을 수 있다면 맛에 감동해서 진정 행복할 것 같다. 앞으로 해산물을 먹을 때 남기지 말고 감사한 마음으로 맛있게 먹어야겠다.

아빠는 바다가 점점 오염이 되어서 해산물이 사라지고 있다고 하셨다. 해산물이 사라지면 해남, 해녀의 직업도 사라질 것이다. 그러면 할머니도 직장인 바다를 잃으실지 모른다. 아버지의 말씀을 들으니 함부로 바다, 땅 등등에 쓰레기를 버리지 않겠다는 각오가 생겼다.

나는 이제까지 꿈이 없었다. 커서 되고 싶은 게 없었다. 이 책을 읽고 해남의 강인함에 반했다. 그래서 직업으로 해남이 되고 싶다는 마음이 들었다. 해남이 모두 사라질 상황이 왔을 때 내가 해남이 된다면 슈퍼영웅이라 불리겠지. 그렇다면 아주 날아갈 것처럼 기쁠 것 같다. 내가 만약 쓰레기를 버렸다면 해남, 해녀에게 직접 찾아가 죄송하다는 말을 할 것이다. 바다에 더 많은 해남, 해녀가 해산물을 딸 수 있도록 쓰레기를 없애야겠다.

작은 외침, 큰 울림

문지성

안녕? 혹시 왕가리 마타이라는 사람을 알고 있니? 왕가리 마타이는 흑인일까? 백인일까? 바로 흑인이야. 지금은 흑인에 대해 많은 편견들이 사라졌지만, 예전에는 심각해도 너무 심각했어. 어느 정도냐면 가게 안에는 백인들만 앉을 수 있었고 흑인들은 밖에 앉아야만 했어. 흑인이 밖에 앉지 않고 안에 앉으면 총을 쏘는 데도 있었어. 왕가리 마타이 또한 이런 경험을 했던 거야.

흑인 차별이 어느 정도 사라진 날, 왕가리 마타이는 회사에 취직을 하려고 갔더니 거절을 당했어. 왜냐하면 여자라서 안 된다는 거였어. 벌써 눈치를 챘겠지만, 그때도 남녀 차별이 있었어.

왕가리 마타이는 황폐해진 곳에 묘목을 심으려고 했어. 처음에는 돈이 부족해서 걱정했지만 돈 문제는 해결이 되었어.

여러 나라에서 지원금을 줬기 때문이야. 하지만 케냐와 남편은 여자가 큰일을 해내는 것을 원치 않았어. 왕가리 마타이는 모든 역경과 외로움을 이겨내고 숲을 만드는데 성공을 했지. 이런 식으로 우리가 일을 해결한다면 얼마나 좋을까?

요즘 사람들은 플라스틱, 비닐 등등을 바닥에 그냥 버리고 있어. 플라스틱과 비닐을 태울 때 나오는 연기는 지구의 오존층을 파괴하고 있어. 왕가리 마타이처럼 나무를 심는다 해도 사람들이 베어버리는 나무의 수를 감당하기엔 턱없이 부족해. 어쩌면 나무가 사라질지도 몰라. 나무가 사라지면 우리는 숨을 쉴 수 없을지도 몰라.

나무만큼 위태로운 것은 바다도 마찬가지야. 폐수를 바다에 버리면 버릴수록 바다는 오염이 되고 있어. 제주의 해녀들은 바다 근처에서 해산물을 잡아 왔는데 요즘에는 먼바다로 배를 타고 나가야만 해산물을 잡을 수 있게 되었어. 바다 근처가 폐수로 오염이 되어서 더이상 해산물들이 살 수 없게 된 거래. 미래의 아이들은 바다 색깔이 갈색인 줄 알고 대기는 회색이라고 말할지 몰라. 산소통을 쓰고 다니면서 말이야. 이건 우리가 지구를 파괴했기 때문이지.

우리가 분리수거와 길거리에 쓰레기를 버리지 않기를 생활화한다면 바다가 갈색이 되고 대기가 회색이 되진 않을 거야. 산소통과 산소마스크를 쓰지 않아도 되는 세상이 될 수 있어.

제주도는 지금 비상사태야. 일본이 바다에 방사능 오염수를 방류한대. 제주도 쪽으로 방류한다는 거야. 중국이 쏘아 올린 우주선 파편도 제주도 근처의 바다에 떨어진다는 뉴스가 있어. 청정지역인 제주도로 오염물질들이 버려지고 있어. 이런 현실을 국제 사회에서 심각하게 받아지도록 우리는 소리를 모아 외쳐야 해. 그러기 위해선 환경에 관심을 가져야해. 왕가리 마타이처럼 흑인이라고 여자라고 자신을 낮추며 포기하진 말자. 우리 함께 해보자.

지금 이 순간, 당연할까요?

장선효

몇 년 전, 우리나라는 코로나로 점철되었다. 바이러스가 세계를 뒤덮고 있는 심각한 사태를 우리나라 역시 피해 가지 못했다. 처음에는 별거 아니라고, 금방 사라질 거라 대수롭지 않게 생각했던 전염병이 일상의 영역을 침범하고 있었다. 텔레비전을 켜기만 하면 코로나에 관한 뉴스가 끊임없이 흘러나왔고, 여기저기에서 사건이 터질 때마다 사람들은 분노하고, 답답해하다 차츰 안정을 되찾았다. 위험이 너무 가까이 다가오면 무감해진다는 게 사실인지 예전에 언급했다면 기함했을 코로나에 관한 각종 사건을 우리는 이제 당연한 것으로 생각하고 있다. 안전 안내 문자가 와도 자연스럽게 무시해버리고, 확진자가 하도 나와서 이제 놀랍지도 않아요, 하는 말을 태연자약하게 할 수 있는 것이다. 그리고 언제 끝날지 모르는 악순환 속에서, 사람들이 해이해짐에 따라 나름 청정지역이라 할 수 있는 제주도에서까지 확진자가 대거 발생하기 시작했다. 제주도는 더 이상 안전하지 못했다.

코로나가 몇 차례 휩쓸고 지나간 지금, 나는 학교를 3주째 가지 못했다. 개학은 분명 8월 17일이었는데 등교하지 못하고 하루 종일 컴퓨터 앞에만 앉아있는 광경을 과거에서 본다면 신기해하지 않을까 싶었다. 온라인 수업은 여러모로 안 좋은 점이 많다. 모니터를 앞에 두고 수업을 듣다 보면, 눈은 뻑뻑해지고 몸은 이곳저곳이 쑤셔온다. 말 그대로 온라인이니만큼 집에만 박혀있으니 안 그래도 없는 활동량이 거의 0에 수렴해가고, 무기력해진다. 이제는 코로나로 인한 우울함을 넘어서서 무기력해지고 화가 난다는 기사를 본 적이 있는데, 딱 나의 심정을 대변해주는 기사였다.

나는 내가 집에만 있기를 사랑하는 사람인 줄 알았는데 막상 집에 갇혀있으니 무척이나 힘들었다. 그나마 나갈 기회를 주는 학원마저 휴원을 하니 쬐는 빛이라고는 형광등에서 나오는 인위적인 빛과, 창문을 통해 간간이 들어오는 햇빛 한 줄기밖에 없었다. 주말이면 제주도의 자연을 만끽했던 기억은 멀리 사라진지 오래였다. 친구들과 찰싹 붙어있고, 인원 제한이 없는 도서관에서 여유롭게 책을 읽고, 급식실에서 재잘재잘 떠들던 일상은 파괴되었다. 코로나로 인해 무산된 행사가 잔뜩이다. 나는 이런 현재를 살아가면서, 내가 제주도에서 누렸던 모든 것들이 소중하다는 것을 새삼 깨달았다.

학원을 오고 갈 때 보았던 하늘이, 이따금 놀러 가던 바다가 얼마나 소중했던가. 갈 때는 마냥 귀찮았던 학교가 얼마나 귀중했던가. 당연한 줄 알았던 일상이 어쩌나 빛나는 것이었나. 우리가 흔히 생각하는 코로나가 끝나면 하고 싶은 것들은, 생각해보면 모두 평소에는 당연하게 누렸던 것들이다. 우리가 그리 중요하다고 생각하지 않았던 평온한 일상은 중요한 것이었다. 이처럼 나는 코로나에서 일상의 소중함을 배웠다.

언젠가 코로나가 종말을 맞이한다면, 사람들은 저마다 다른 반응을 보일 것이다. 신나게 마스크를 벗어던지는 사람도 있을 것이고, 안온한 세상에서 당연하지 않았던 것을 소중히 여기는 사람도 있을 것이고, 바이러스가 없어지건 말건 시큰 둥하고 우울한 사람도 있을 것이다. 그리고 그 중에서 나는 일상의 찬란함을 잊지 않는 사람에 속할 것이다. 하루하루를 열심히 살아내어, 내게 주어진 시간과 자유와 공간을 마음껏 사랑할 것이다. 나는 제주도의 코로나에서 뜻 깊은 가치를 배웠다.

토름모, 곶자왈에 가다

양지우

　　많은 유명인들이 제주도의 예쁜 자연환경 등을 찍고 그에 대해 칭찬한다. 육지 사람들이야 '와… 제주도는 어딜 가나 저런 멋진 자연환경들이 아주 많구나.' 하고 생각하지만 제주도에서 벗어난 적이 10번도 채 되지 않은 나에게는 오히려 그런 곳은 잘 보이지 않고 다른 도시들이랑 비슷한 여러 채의 아파트와 수많은 자동차들만 보였다. '나는 언제쯤에 유명인들이 있는 멋진 제주도에 갈 수 있을까?' 라고 생각하던 참에 나는 곶자왈로 놀러 가게 되었다.

　　곶자왈에 놀러 가기 전에 많은 지식이 필요한 것은 아니었다. 역시나 제주에서 가장 큰 숲으로 꼽히거나 그곳에서 삼다수가 만들어진다는 것들은 사실 곶자왈을 여행하는데 필요한 것은 아니었다. 하지만 조사를 끝내려고 했을 때 한 가지 사실이 눈에 들어왔다. '곶자왈에서 자라는 식물은 모두 돌 위에서 자란다.' 흙이나 모래에서는 식물이 자란다는 말은 들어보았어도 돌 위에 식물이 자란다는 이야기는 못 들어보았다. 곶자왈은 일주일 뒤에 갈 것이다. 앞으로 남은 일주일이 일 년처럼 느껴질 듯하다.

이제 곶자왈에 가려고 한다. 좀 더 조사해본 결과, 곶자왈에는 생물들조차 다른 곳에서는 보지 못하는 생물이라고 했다. 이런저런 생각을 하니 어느새 곶자왈에 도착했다. 곶자왈에 들어가려 했더니 아버지가 날 막아 세웠다.

"지우야, 아직 여기에 들어가면 안 돼."

"왜요? 곶자왈에 들어가는 시간도 있나요?"

"그게 아니라…."

아버지가 말하시는 걸 들으니 곶자왈은 전에 내가 조사했던 대로 식물이 돌 위에 자라서 돌이 많아 험난하다 했다. 그래서 가이드가 올 때까지 기다려야 한다는 것이었다. 잠시 후, 가이드가 왔다.

"늦어서 죄송합니다. 이제 들어가시죠."

이것이 바로 내가 잊지 못할 거대한 자연에 들어가는 발걸음의 시작이었다. 아버지가 말씀하신 대로 곶자왈에서는 돌이 무척이나 많고 길도 험난하고 거칠었다. 그래서 오는 길에 다섯 번이나 넘어져 몸이 성한 데가 없었다. 그나마 다행인 것은 가이드가 혹시 모를 상황에 대비하여 밴드와 약을 준비해 놓았다는 것이다. 그래서 어느 정도 걸을 수는 있었지만 걸을 때마다 다리가 욱신거려 오래 걸을 수 없었다. 그래서 점점 더 많이 쉬고 점점 더 오래 걸었지만 원래 가려고 했던 곳의 절반 도 가지 못했다. 결국 우리 가족은 그쯤에서 포기하고 돌아왔다. 참담한 심정이 된 우리 가족은 곶자왈의 끝을 보기 위해 오름을 오르며 체력과 힘을 기르기 시작했다.

우리 가족은 일요일마다 오름을 오르기로 했다. 그렇게 하여 생긴 것이 일등임이다(일요일에 오름 등반하는 모임). 일단 우리 일등임은 자잘한 오름부터 오르기로 했다. 오름을 오르기 위해 빨리 일어나는 것이 귀찮았지만 오름을 등반하는 도중의 신선한 산의 공기를 마실 수 있어서 좋았다. 그리고 정상에 등반해서 경치를 내다보며 과자와 물을 먹을 때 생기는 뿌듯함이 너무 좋았다. 그렇게 오름을 10번 정도 오르다 보니 일단 체력이 눈에 띄게 좋아졌다. 그리고 좀 건강해진 느낌도 들었다. 하지만 아무래도 곶자왈의 끝을 보는 것은 안 될 것 같았다. 그렇게 6개월 정도 일등임을 하니 뭔가 좀 귀찮았다. 오름을 오르는 것이 문제가 아니라 일등임의 일이 문제였다. 그래서 우리 가족은 토름모를 만들었다. (토요일에 오름을 등반하는 모임). 이렇게 토름모와 일등임을 번갈아가며 오름을 오른지 다시 6개월이 되었을 때, 더이상 올라갈 곳이 생각나지 않았다. 그때, 한 곳이 떠올랐다. 오름의 왕이라고 불리는 다랑쉬 오름! 다랑쉬 오름도 길긴 길었지만, 우리의 목적지인 곶자왈을 생각하면 중간 보스 급이었다. 어쨌든 우리는 마음의 준비를 하고 다랑쉬 오름을 오를 준비를 했다.

우리는 다랑쉬 오름에 도착했다. 주변에 우리가 올랐던 오름이 다랑쉬 오름을 보고 있었다. 다랑쉬 오름이 오름의 왕이라고 불리는 이유도 다른 오름들이 다랑쉬 오름을 바라보고 있는 것 때문이었다. 우리는 다랑쉬 오름 등반을 시작하였다.

역시 다랑쉬 오름은 높았다. 오른지 좀 오래된 것 같은데 끝이 보이지 않았다. 그리고 다랑쉬 오름은 뱀도 많았다. 여기까지 오면서 두 번이나 뱀을 보았다. 그리고 다랑쉬 오름을 오른지 40분이 되었을 때 정상에 도착하였다. 긴장을 풀려던 찰나 어머니가 계속 가셨다. 그 이유는 다랑쉬 오름의 정상 모양에 있었다.

다랑쉬 오름은 마치 한라산의 백록담처럼 끝이 오목하게 파여있다. 그래서 다랑쉬 오름을 올랐다고 하기 위해선 다랑쉬 오름의 한 바퀴를 돌아야 했다. 사실 다랑쉬 오름의 정상을 도는 것이 등반하는 것보다 오래 걸렸던 것 같다. 그렇게 8개월간 오름을 오르고 우리는 20개월간의 경험을 바탕으로 엄청난 도전을 하게 되었다. 그것은 바로 한라산 등반! 등산하는데 최대 8시간 하산하는데 최대 8시간으로 듣기만 해도 어려운 도전이다. 하지만 어쩌다 보니 하게 되었다.

일단 우리는 한라산에 도착했다. 다랑쉬 오름, 거문오름 같은 오름과는 비교가 되지 않는 높이였다. 그래도 우리는 오르기 시작했다.

한라산을 오를 때 신기한 건 자연환경 뿐만아니었다. 그것은 바로 모르는 중간중간 주변을 살펴보면 높이의 차이 때문에, 그곳에 있는 생물들이 조금씩 바뀐다는 것이다. 그래서 아주 높이 올라가니 동물들과 나무는 없어지고 풀만 아주 많았다. 그리고 정상에 도착하면 경치와 함께 엄청난 뿌듯함과 다리에 고통이 온다. 그런 아픈 다리를 이끌고 다시 주변 생물의 변화를 느끼면서 내려갔다.

곶자왈로 시작하고 한라산으로 끝났지만 언젠가 우리는 곶자왈의 끝을 볼 것이다. 앞으로의 토름모, 일등임을 기대하며 파이팅!

바다 위의 패트병

유재민

나는 주말마다 서핑을 하러 이호 바다나 중문에 친구랑 간다. 그런데 이번에는 이호바다가 아니라 중문 바다에 가는 날이었다. 서핑이 끝나고 선생님이 물을 주셔서 친구랑 같이 마셨다. 물을 다 마시고 나자 패트병이 남았다. 어떻게 할지 몰라 하는데 친구가 갑자기 중문 바다 멀리 패트병을 던졌다. 갑자기 친구가 그런 행동을 해서인지 나는 친구 따라 키득키득 웃었다. 뭐가 웃겼는지 모르겠지만 나도 모르게 웃음이 나왔다. 그런 행동이 재미있고 웃겼던 것 같다.

집에 돌아오면서 생각해보았다. 내가 이호 바다에서 서핑을 타다가 과자 봉투나 비닐 같은 것들이 바다 위를 맴돌던 것들이 떠올랐다. 지금은 서핑을 잘 타서 물을 먹지 않지만, 초보인 친구들은 물에 빠져서 물을 먹기도 한다. 만약, 바다에 계속 패트병과 비닐들이 쌓이면 어쩌지? 오염된 물을 서핑을 하다가 사람들이 마실 수도 있고 고기도 마실 수 있다. 그 물을 마신 사람들과 고기들이 병에 걸릴 수도 있다. 친구처럼 아무도 안본다면 어때? 하면서 쓰레기를 몇 번 재미로 버리다가 습관이 되면 어쩌지? 몇 번 재미로 버리다 보면 자신도 모르게 습관이 되어서 안버리는게 이상한 행동처럼 돼버릴 수 있다. 나도 손가락으로 뼈 소리를 내면 안 되는데 몇 번 하니까 습관이 돼버려서 계속 하고 있다. 앗! 하면 안 되는데 말해놓고서도 계속 하고 있다.

친구가 바다에 쓰레기를 버리지 않으려면 어떻게 해야 하는지 알고 있다. 먼저, 바다에 쓰레기를 버리는 게 습관이 되었다면 최대한 오랫동안 바다에 가지 말아야 한다. 바다에 쓰레기를 버렸던 것을 잊어버려서 바다에 다시 가도 버리지 않을 때까지 말이다.

만약 바다가 더러워지면 생물들은 못 살게 된다. 물들이 오염되면 사람들이 먹는 물도 줄어들다가 나중엔 먹을 물이 없어서 사람들이 목말라 죽을 수도 있다. 결국, 지구는 오염되어서 생물이 살기 힘들게 된다.

그러니 쓰레기는 쓰레기통에 넣고 바다는 깨끗하게 사용해야한다. 나쁜 습관을 만들지 말고, 좋은 습관을 많이 만들어야겠다. 바다에 쓰레기를 버리는 사람들은 내가 말한 이 방법을 쓰면 좋겠다. 바다를 오랫동안 못 가는 것이 답답하겠지만, 깨끗한 지구를 위해서 하는 것이 좋다. 그리고 둘째, 내가 친구의 행동에 함께 웃어준 것은 잘못된 행동이다. 하지 말라고 했어야 하는데 함께 웃었다는 게 너무 부끄럽다. 쓰레기를 버리는 사람도 나쁘지만, 옆에서 웃으며 재미있다고 행동을 하는 사람도 나쁘다는 걸 알게 되었다. 그러니까 주변 사람들도 모두 쓰레기를 바다에 버리는 게 나쁘다는 걸 알려줘야 한다. 함께하면 금방 나쁜 습관은 사라질 수 있다.

환경에 대한 청원

오유준

2021년 7월, 엄마와 나는 국민 청원을 했다. 청원의 제목은 환경에 관한 것이다. 청원을 하게 된 이유는 지구가 2026년도에 파괴될 것이라는 이야기를 뉴스와 학원에서 알게 되었기 때문이다. 청원을 할 때의 내용은 〈지구가 파괴되지 않으려면 쓰레기를 아무데나 버리는 것과 물을 많이 쓰거나, 비닐을 많이 쓰면 안 된다. 그러기 위해서는 비닐을 쓰는 마트에 벌금 10만원을 내게 해주세요.〉라는 내용이었다. 그러니깐 어떤 사람이 '저도 그렇게 생각합니다.' 라고 댓글을 달아주었다.

국민 청원이 무엇이냐면 대통령에게 국민이 직접 말하는 것이다. 그리고 많은 사람들에게도 알리는 것이다. 옛날의 신문고와 비슷한 것이라고 생각하면 된다.

환경을 좋게 하려면 쓰레기를 재활용하고 물도 아껴 써야 한다. 전기도 절약해야하고 나무를 베지 않아야 한다. 숲속에

는 건물을 짓지 말고, 일회용품을 줄이는 것도 필요하다. 종이
는 앞면과 뒷면을 다 써야한다. 비닐, 휴지, 물티슈, 화장품도
줄여야한다. 화장품을 왜 줄여야 하냐면 화장품의 원료가 어
떤 열매인데 그 열매를 위해서 다른 나무를 베어야하기 때문
이다. 화장지도 마찬가지로 나무를 베서 만드는 것이다. 그리
고 담배를 싼 봉투와 담뱃재는 진짜 안 좋다. 이유는 사람들이
길바닥에 밟아서 버리기 때문이다. 그것들은 비에 젖으면 코
팅이 되어 있어서 절대로 없어지지 않는다. 그리고 지금 지구
온난화로 인해 섬나라인 투발루는 물에 잠겼다. 케냐는 지구
의 쓰레기 때문에 무지 덥다.

쓰레기와 선풍기, 에어컨 사용을 줄여야 한다. 이유는 지
구가 뜨거워지면 빙하가 녹아 흐르기 때문이다. 섬나라인 투
발루처럼 제주도도 물에 잠길지 모른다. 그리고 빙하가 녹으
면 펭귄들과 북극곰이 사라진다.

코로나 바이러스가 왜 생겼냐하면 원래 빙하 속에는 먼지
와 바이러스들이 들어있다. 그런데 지구가 뜨거워져서 빙하
가 녹는데 빙하 속에 묻혀있던 바이러스가 흘러나왔기 때문이
라고 나는 생각한다. 그게 코로나 바이러스 같다.

옛날에는 우리나라가 사계절이 정확했는데 지금은 지구
온난화로 기후 변화가 일어나서 정확하지 않게 되었다. 지금

부터라도 쓰레기는 쓰레기통에 잘 버리고 전기도 절약하고 물도 아껴서야 한다. 왜 물을 절약해야 하는 가 하면 한국은 물을 아껴 쓰지 않기 때문이다. 그리고 물이 없으면 모든 생명이 죽기 때문에 아껴 써야한다.

거인이 만든 쓰레기

김이연

옛날 옛날에 엄청 큰 거인이 살았는데 그 거인은 쓰레기를 쓰레기통에 안 버리고 꼭 다른 곳에 던졌대. 그러자 마을 사람들이 거인을 정말 싫어했어. 마을 사람들이 자꾸 거인에게 쓰레기는 쓰레기통에 버리라고 말했지. 거인은 쓰레기를 쓰레기통에 버리려고 했지만 집에 맞는 쓰레기통이 없었어. 계속 쓰레기를 쓰레기통이 아닌 다른 곳에 버렸어. 마을은 곧 엉망진창 쓰레기 나라가 돼버렸지. 그래서 사람들은 거인을 마을에서 쫓아냈지. 그런데 거인이 가는 마을마다 엉망이 되는 거야. 계속 쫓겨 나던 거인은 그만 병에 걸리고 말았어. 병이 낫기 위해서라도 거인은 쓰레기를 쓰레기통에 버리는 습관을 훈련해야만 했지. 그리고 3년 뒤 거인은 이제 쓰레기를 아무데나 버리지 않게 되었어.

거인이 옛 마을로 되돌아가자, 마을 사람들은 모두 거인을 피해 달아났어. 쓰레기를 버릴까봐 무서웠지. 거인은 마을 사람들에게 미안하다며 사과를 했어. 그리고 일주일 동안 행동으로 보여줬어. 그 모습을 본 마을 사람들은 거인을 믿게 되었고, 서로 아주 친하게 잘 지내게 되었지.

이 이야기는 여섯 살인 내 동생에게 들려주려고 지어낸 이야기이다. 굳이 거인의 이야기를 하지 않아도 사람들은 쓰레기를 함부로 버린다. 우리 아빠가 운영하시는 가게에 가보면 알 수 있다. 아빠는 가게 앞 테이블 밑에 쓰레기통을 마련해두셨다. 하지만 담배꽁초나 쓰레기들은 쓰레기통 주변에 널려 있다.

내가 지어낸 이야기에서 말하고 싶은 것은 우리 모두 쓰레기를 아무데나 버리지 말고 쓰레기통에 버리자는 걸 알리고 싶었다. 거인이 사는 마을처럼 우리나라가 쓰레기 나라가 될까봐서 걱정이 되어서이다. 쓰레기를 버리지 말라고 혼내는 것보다 재미있는 이야기를 들려주면 사람들은 자신의 행동을 반성하기 때문이다. 그러니 우리 모두 함께 쓰레기를 함부로 버리지 말아요.

외할아버지

전성우

할아버지께서는 나를 업어 키우셨다. 여섯 살 때까지 나는 맞벌이를 하시는 부모님과 떨어져 외가에서 살았다. 그래서 할아버지는 칭얼대는 나를 업고 사셨다. 여섯 살 이후로는 매주 금요일마다 외가에 가서 하룻밤을 자고 온다.

할아버지는 내가 열 살이 되자 금요일마다 용돈을 이천오백 원을 주셨다. 열 한 살에는 삼천 원, 열두 살인 지금은 오천 원을 주신다. 어린이날, 크리스마스, 설날에는 많은 용돈을 주시기도 하신다.

할아버지는 나를 무척 보고 싶어 하신다. 내가 금요일에 못 가는 날엔 잠도 못 주무신다. 그래서 나는 학교와 학원이 끝나면 할아버지께 전화를 드린다. 학교와 학원에서 있었던 일을 말하면 할아버지는 재미있다는 듯 진지하게 들어주신다. 할아버지는 내가 포켓몬 빵을 사려고 두 시간이나 편의점 앞에서 기다릴 때도 같이 기다려 주신다. 절대로 쓸데없는 짓이라고 나무라지 않으신다. 그저 내 곁에서 기다려 주신다.

"중학교에 들어가면 할아버지가 용돈을 더 많이 줄게."

할아버지는 늘 나에게 더 줄 것이 있는지를 살피신다. 할아버지는 내가 갖고 싶은 것을 말하지 않아도 주신다. 아직 나는 할아버지에게 돈을 빌린 적이 없다. 그런데도 구화폐며, 황금 열쇠 등등을 내게 주신다. 할아버지가 간직하던 보물을 내게 줄 때면 내 가슴이 뛴다.

"성우는 할아버지가 죽으면 슬프겠지?"

할아버지가 가끔 이런 말을 할 때면 나는 대답을 할 수가 없다. 상상하면 눈물이 나오기 때문이다. 그런데 왜 이런 질문을 하시는 걸까? 하고 속상해진다. 내가 바라는 소원은 하나다. 할아버지가 절대 죽지 않으면 좋겠다. 할아버지 없인 못산다. 할아버지의 목숨이 내 목숨이다. 할아버지랑 오래 살고 싶다. 나는 할아버지와 하고 싶은 게 많다. 같이 벌초도 가고, 한라산도 올라가고, 여행도 가고 싶다. 나는 할아버지와 같이 있고 싶다.

할아버지는 나를 지켜주시는데 한 번도 내게 이렇게 말한 적이 없다.

"이제까지 내가 너를 지켰으니, 네가 어른이 되면 나를 지켜주렴."

할아버지는 나의 보물이다. 할아버지랑 오래오래 살면서 이루고 싶은 게 많다. 나는 절대 주인 없는 보물이 아니다. 나는 오로지 할아버지의 보물이다.

할아버지가 어린 나를 업어 키우셨듯이 제주는 나를 업어 키우고 있다. 공기, 바람, 햇빛, 사람들의 인정으로 나는 자라고 있다. 할아버지는 이것이 육지와 다른 제주의 얼이라 하셨다.

제주에서 태어나 제주에서만 살다 늙으신 할아버지시지만, 나를 세계적인 보물이라고 말씀해주신다. 할아버지가 곧 제주다.

외할아버지와의 여행

김민우

나는 할아버지와 수영도 하고 파티도 하고 싶습니다. 함께 그림도 그리고 놀러 가고 싶습니다. 감도 따고 곤충채집도 해 보고 싶습니다. 꽃도 보고 닌텐도도 함께 하고 싶습니다. 할아 버지와 달리기를 하면 누가 빠를까? 아직 모르겠습니다. 할아 버지와 여행도 하고 싶습니다. 하지만 할아버지는 집에만 계 십니다.

나의 할아버지는 젊을 때 물건을 고치는 사람이었습니다. 할아버지의 손은 무엇이든 다 고치는 만능입니다. 의사 선생 님처럼 아픈 물건을 모두 고쳐주었습니다.

나의 할아버지는 다음에 태어나도 물건을 고치는 사람이 었으면 좋겠습니다. 하지만 엄마는 할아버지가 건축가가 되 면 좋겠다고 했습니다. 할아버지가 지어주신 집에 살고 싶은 가 봅니다. 할아버지는 물건을 고치는 기술을 많은 사람에게 가르치고 싶다고 하셨습니다. 많은 사람이 아픈 물건들을 뚝 딱 뚝딱 고쳐 쓰면 좋겠다고 했습니다. 새로운 물건만 좋아하 지 말고, 자신의 물건을 아끼고 사랑해주는 사람이 많으면 좋 겠다고 했습니다.

엄마는 할아버지가 사준 가죽 신발을 아직도 좋아합니다. 육남매를 키우신 할아버지는 다섯째인 엄마를 데리고 시장에 갈 때면 좋은 것을 사주려고 하셨습니다. 어렵게 살았는데도 자신이 갖고 싶던 신발을 사주셨습니다. 그때 엄마는 할아버 지가 자신을 사랑하는 마음이 느껴져서 감사하다고 했습니다. 낡은 가죽 신발을 오래도록 엄마는 간직했습니다.

엄마는 나를 데리고 할아버지의 집으로 가는 걸 좋아합니 다. 엄마는 나를 데리고 할아버지의 추억 속으로 여행을 하러 가시는 것 같습니다. 할아버지는 나를 보면 항상 팔을 벌려 웃 어주십니다. 할아버지는 나에게 옛날에 있었던 이야기를 들 려주십니다. 할아버지가 보여주시는 흑백사진에선 할아버지 가 젊고 건강하게 웃고 계십니다. 엄마는 할아버지가 이야기 를 들려줄 적마다 어릴 적 아빠의 모습을 보는 것 같다고 좋아 하십니다.

코로나에 걸린 내동생

김성은

    지난 여름이었다. 어느 날, 동생이 코로나에 걸렸다. 한동 안 동생의 얼굴을 보지 못했다. 그런데 동생이 없으니 놀리고 장난칠 애가 없어서 심심했다. 그리고 동생이 혼자 방에서 생 활하는 것이 너무나도 부러웠다.

    나는 동생에게 코로나를 일부러 옮으려고 온갖 방법을 생 각하고 생각하다 좋은 아이디어가 떠올랐다. 바로 동생이 들 어가 있는 방에 들어가서 몰래 동생과 접촉하는 것이다. (하 지만 그때 멈췄어야 했다.) 나는 그 계획을 실행했다.

    몰래 동생의 방에 들어가 동생과 접촉을 했다. 그리곤 재 빠르게 방에서 나왔다. 그리고 아무 일도 없는 척 연기를 했 다. 그리고 그날 동생과 나는 병원에 갔다. 그리고 난 기대하 는 마음을 안고 코로나 검사를 했다. 결과는 아주 절망적이었 다. 동생은 양성이었지만 나는 음성인 것이었다. 나는 억울하다는 듯 투덜거리며 병원을 나왔다.

집에 돌아온 후, 동생은 자가 진단을 하고 나는 평소처럼 생활을 했다. 그리고 잠을 잤다. 다음 날, 나는 목이 따끔따끔하고 다리가 지끈지끈했다. 나의 상태를 부모님께 말씀드렸다. 그러자 부모님께서 자가 키트를 꺼내시더니 검사를 시작했다. 그리고 몇 분 뒤, 드디어 결과가 나왔다. 나는 양성이었고, 마음속으로 야호를 외쳤다.

드디어 기다리고 기다리던 자가 격리가 시작됐다. 그런데 아빠가 갑자기 집을 나가신 것이다. 코로나에 한 번도 걸리지 않으신 아빠는 회사에 가야하기 때문에 코로나에 걸린 우리와 떨어져 지내야 한다는 것이었다. 동생과 내가 자가 격리가 끝나야만 집으로 돌아온다는 것이었다. 나는 엄청 실망을 했다. 이런 일이 생길거라곤 예상하지 못했기 때문이다.

나는 아무 생각 없이 침대에 누웠다. 나는 침대에 눕자 오만가지 생각이 다 들었다. 내가 왜 이랬을까? 만약 일부러 옮지 않았으면 어땠을까? 침대 위에서 짜증, 억울함, 화남, 슬픔, 원망 등이 휙휙 지나갔다. 뭔가 내 계획이 물거품이 된 것 같았다. 이왕 이렇게 된 거 자가 격리를 즐겨보자. 라는 마음을 먹었는데……. 막상 자가 격리를 하고 나니깐 할게 전~~혀 아무것도 없는 것이다. 나는 무엇을 할까 곰곰이 생각하다 티비도 보고 핸드폰도 보고 컴퓨터도 보며 볼 수 있는 건 다 봤는데 정작 읽으라는 책은 단 한 권도 안 읽은 것이 떠올랐다.

책장을 뒤적이다 내가 고른 책은 환경에 대한 책이다. '나, 김성은은 한번 한다면 하는 남자! 오늘 안에 꼭 다 읽고 말테다.' 하는 마음으로 한 페이지, 두 페이지 읽다 보니 벌써 책을 다 읽었다. 그런데 책을 읽다 보니 내용이 너무 충격적이었다. 몇 가지는 이미 알고 있던 내용이기도 하지만, 알고 있던 내용인데도 불구하고 충격 그 자체였다. 그것은 바로 우리가 자주 쓰는 일회용품이나 샴푸, 주방세제, 세탁제 등이 지구를 아주 많이 오염시킨다는 것이었다. 물론 알고 있었다. 그러나 이 정도까지일지는 몰랐다. 우리가 무심코 버리는 쓰레기 그것이 엄청나게 오랫동안 썩지 않는다는 것이다. 진짜 심한 것들은 인간의 수명과 바다 거북의 수명보다 오랫동안 썩지 않는다는 것이었다.

우리가 즐겨 쓰는 일회용품이 지구를 오염시키고 자연을 파괴시키고 있다. 그래서 동물들과 식물들이 줄어들고 있다는 것이다. 이런 환경에서 살고 있는 인간들도 멸종될 수 있다는 생각이 들었다. 두려운 마음이 들었다.

아무데나 쓰레기를 버리거나 일회용품을 사용하는 것에 대해 나 자신부터 반성한다. 편리한 생활에 길들여져서 나는 지구가 어떻게 변해가고 있는지 알지 못했다. 코로나는 인간이 지구를 오염시켜서 나타난 신호에 불과하다는 것도 깨달았다. 위험 신호는 더 큰 위험이 닥치기 전에 막을 수 있다는 징조이다. 그러니 우리는 되돌아보며 반성하고 대책을 세워야 한다.

쓰담달리기

이서인

　학교에서 현장학습을 하기 위해 걸어갈 때, 나와 친구들은 플로깅을 했다. 플로깅은 조깅, 산책을 하면서 동시에 쓰레기를 줍는 걸 말한다. 국립국어원에서는 우리말로 '쓰담달리기'를 사용하기로 했다. 플로깅은 스웨덴에서 시작해서 북유럽으로 확산되어 건강과 환경을 동시에 챙길 수 있어 인기가 많다.

　나는 친구들과 플로깅을 하고 있을 때 너무나 많은 쓰레기들을 보았다. 가지고 간 주머니에 금세 쓰레기가 가득 차버렸다. 집에서는 베짱이처럼 놀고 있던 내가 플로깅을 하면서 볼이 붉어졌다. 미처 다 줍지 못한 쓰레기들을 보자 얼굴이 뜨거워졌다. 버스를 타고 집으로 돌아갔을 때, 가족은 나의 이야기를 듣고 놀라는 눈치였다. 내 두 동생은 토끼처럼 나를 쳐다보며 진짜로 플로깅을 했냐고 물었다. 아빠와 엄마는 내게 어떻게 하면 쓰레기를 줄일 수 있는지 생각해보라고 하셨다.

다음 날, 나는 학교에서 그 문제에 대해서 생각해보았다. 플로깅을 하면서 제일 많았던 담배꽁초가 생각이 났다. 첫 번째 프로젝트로는 '담배꽁초의 불씨를 없애고 쓰레기통에 버리기'로 정했다. 두 번째 프로젝트는 플로깅 하기다. 현장학습 때 더 많은 쓰레기를 줍지 못 해 아쉬웠기 때문이다. 내가 사는 작은 제주도의 땅에 쓰레기가 이 정도로 많은데, 바다는 어떨까? 플라스틱, 유리, 수많은 쓰레기 덩어리들이 둥둥 떠다니고 있을 것이다.

방법을 찾다보니 좋은 생각이 떠올랐다. 세계에서 우리나라 사람들이 모든 걸 빨리한다. 그럼 그걸 장점으로 생각한다면 한국 사람들이 쓰레기도 빨리 주울 것이 아닌가? 그래서 세 번째 프로젝트로 사람들을 많이 모아 플로깅을 하는 걸로 정했다.

나는 이런 구상을 하면서 봉사활동을 다녀야겠다고 결정했다. 나는 봉사활동을 다닌 적이 없지만 봉사를 하는 것을 누구보다도 잘 할 자신이 있다. 집에서 엄마를 도와 집안일을 도울 때, 학교에서 친구를 도울 때 나는 정말 뿌듯했다.

나는 플로깅을 하기 전에는 쓰레기 문제에 관해 생각해본 적이 없었다. 주변의 지인들과 가족에게도 프로젝트에 동참하도록 만들 것이다. 제주도뿐만 아니라 지구를 맑은 행성으로 만들려고 이 계획들을 실천할 것이다.

제주에 와봤니?

이서인

내가 사는 곳은 아름답다. 보면 볼수록 감탄사가 터져 나온다. 제주는 잊으려고 해도 잊을 수 없는 풍경을 지니고 있다. 그래서 나는 제주를 사랑한다.

특히, 내가 사랑하는 곳은 새별 오름이다. 새별 오름은 자연이 숨 쉬는 소리, 동물들이 말하는 소리까지 다 들을 수 있다. 새별 오름 위에서 바라보는 풍경에 모두 반해버린다. 나무, 숲, 하늘, 바다로 둘러싸인 풍경을 모두 내려다 볼 수 있다. 그 경치에서는 아름답지 않은 곳은 하나도 없다. 등산이 힘들기는 하지만 경치를 보고 있으면 힘이 들었던 생각이 사라지고 만다. 오히려 발이 가벼워진다.

행복한 오름 등반이 끝나면 나는 가족과 함께 맛있는 푸드트럭 쪽으로 발걸음을 옮긴다. 시원한 한라봉 주스와 제주 흑돼지 꼬치구이를 파는 푸드트럭은 인기가 높다. 환상의 나라에 온 건 아닐까 하며 가족은 행복한 웃음을 짓곤 한다.

나는 할아버지와 할머니가 쓰시는 제주어가 너무 좋다. 단어를 알아맞히는 재미가 있다.

"하영 먹으라. (많이 먹으렴)."

"기?(그래)?"

이런 말들을 들을 때마다 기분이 너무 좋다.

나는 제주도의 역사를 외우려고 노력하고 있다. 아직 부족하기는 하지만 나는 자랑스러운 제주인이 되고 싶다. 아직 제주어가 많이 서툴고, 제주의 역사를 몰라도 제주도가 대단하다는 것을 세계에 알리고 싶다.

나의 동생은 아홉 살인데도 해녀를 공부하고 있다. 해녀가 어떤 사람인지, 무엇을 하는지 배우려고 노력한다. 그런 모습을 볼 때마다 동생한테 본받고 있다. 나도 제주도에 대해서 조사를 한다. 모르는 친구들에게 알려주기 위해서이다. 이런 노력이 모여서 우리 제주도만이라도 풍습을 지키고, 자연을 보존하면 안될까?

제주 곳곳을 다닐 때마다 나는 생각해본다. 세계인들이 모두 여행을 오고 싶어하는 제주도, 이곳에 살고 있는 나는 얼마나 축복받은 사람인지를. 그리고 나는 제주도의 소중함을 잊지 않을 것이다.

인식의 전환

김예리

우리 학교에 장애를 가진 친구가 있다. 친구들과 복도를 돌아다니면 그 친구를 볼 수 있는데, 그 친구는 다른 친구들과 인사도 하고 장난도 친다. 다행히 다들 그 친구의 장난을 잘 받아준다. 내 친구도 나와 다른 반이 된 친구의 반 앞에서 강아지 인형을 들고 있었다.

"강아지야, 젤리 먹을래?"

그 친구가 젤리를 내밀었다. 하지만 내 친구는 자신에게 젤리를 주는 줄 알고 거절했다.

"너꺼 아니야,"

나와 내 친구는 그제야 상황을 깨닫고 웃었다. 그리고 그 친구는 내 짧은 머리 스타일을 보고 남자로 착각했다. 내가 다른 친구랑 붙어서 놀고 있을 때 다가왔다.

"너네 둘이 사귀니?"

라고 물어서 엄청 당황했다가 웃었다.

물론, 초등학교에 다닐 적에도 장애를 가진 친구와 같은 반이 된 적이 있었다. 그 친구는 다른 친구들과 달리 내향적인 친구여서 매우 조용한 편이었다. 장애가 매우 심한 친구도 있었다. 수업 시간인데도 책상 밖으로 나와 뛰어다니고 소리를 질렀다. 그래서 그 친구에겐 항상 선생님이 붙어있어야만 했다. 장애를 가진 친구들과 함께 생활 했지만 대화를 나눠본 적이 없었다.

중학교에서 만난 친구가

"너네 둘이 사귀니?"

라고 먼저 말해주어서 대답을 할 기회가 생긴 셈이었다. 그 친구와 대화를 하게 될 날이 오면 웃으며 말하거나 장난도 받아줘야만 할 것 같다. 그 친구를 유심히 들여다보면 많이 친한 친구들도 있다는 걸 알 수 있다. 인사를 하면서 등이나 어깨도 쳐주고 하이파이브를 하는 경우도 있었다. 목소리를 변조해서 인사하거나 모른 척 지나가며 장난치는 것도 보았다. 그 친구는 친구들의 이야기를 귀담아 듣다가

"허, 허, 그럴 수 있어. 힘내."

라고 하는 걸 보면 또래에 비해 매우 어른스럽고 긍정적이다. 오히려 친구들이 그 애에게 가서 위로를 받는 것 같았다.

나는 그 친구를 안타깝다고 생각하지 않는다. 우리 모두 각자의 개성이 있는 것처럼 그 친구에게도 개성일 뿐이다. 그렇게 봐주면 어떨까? 인식의 전환은 우리를 똑같은 학생이자 친구로 만들어줄 것이다.

슬픔을 극복하기 위한 나눔

임준혁

나는 최근에 나눔이 줄어든 것을 느낀다. 나눔은 누구나 할 수 있는 것이었지만 최근 들어서 여러 가지 일로 나누지 못하는 것 같다. 코로나가 심각해지면서 접촉을 줄였다. 그래서 아나바다 장터나 교복나눔 행사 등 나눔 행사가 열리지 못 하고 있다. 아나바다 장터는 학생들에게 절약의 중요성을 알려주고, 교복나눔 행사는 선배들이 입었던 옷을 입음으로써 돈을 절약할 수 있었다. 작은 행사들이라 큰 영향을 미치지 않았다고 생각할 수도 있지만, 나눔은 나눔에서만 끝나는 것이 아니다. 나눔을 통해 절약을 배우고 주변 사람들을 살피는 보살핌을 배우게 된다. 하지만 사람들은 점점 나누면 손해를 본다고 생각하는 것 같다. 또한 나눔을 해도 변화가 없는 세상이라고 느끼는 것 같다.

오스카 와일드는 〈행복한 왕자〉라는 책을 썼고, 찰스 디킨스는 〈크리스마스 캐럴〉을 썼다. 그리고 쉘 실버스타인은 〈아낌없이 주는 나무〉를 썼다. 이 책들의 공통점은 나눔이다. 이 책들은 지금의 관점으로 보면 지나친 나눔과 희생을 강조한다. 〈행복한 왕자〉는 왕자가 동상이 되어 세상의 슬픔을 알고부터 괴로워했다. 결국 몸에 지닌 보석을 전부 가난한 이웃들에게 나눠주고 나서 천국에 갈 수 있었다. 〈크리스마스 캐럴〉에 등장하는 구두쇠 또한 과거, 현재, 미래의 유령을 만나면서 자신의 지나친 돈에 대한 집착을 버리게 된다. 〈아낌없이 주는 나무〉에서는 마치 부모가 자식에게 내리사랑을 하고 자식은 계속 바라기만 하는 것을 빗대어 놓은 듯 한 사과나무와 소년이 등장한다. 줄게 없어서 미안해하는 나무와 나무의 모든 것을 가져가는 소년의 일생이 있다.

완전한 나눔은 과연 무엇일까? 희생이 있어야만 나눔이 완전한 것일까? 슬픔을 극복하기 위한 나눔이란 결국 자신의 내면에서 느끼는 감정을 극복한다는 의미는 아닐까? 이러한 생각을 하게 하는 책들은 왜 계속 쓰이고 있는 것일까?

이 작품들이 희생을 강조하는 이유는 사회의 구조 때문이라고 생각한다. 〈행복한 왕자〉를 쓴 오스카 와일드와 〈크리스마스 캐럴〉을 쓴 찰스 디킨스는 소설가지만 비평가로도 유명한 사람들이다. 이들이 희생을 강요하는 작품을 쓴 것은 당시

빈익빈, 부익부가 심각해진 사회를 비판하기 위해서라고 생각할 수 있다. 책이 발간된 1888년부터 현재까지 여전히 이러한 책들이 읽히는 것은 빈부격차가 해소되지 않고 있다는 것을 반증하는 것이다. 따라서 사회의 목소리를 대신하여 작가들이 부익부를 향해 희생을 외치는 것이라고 본다.

세계적인 문제인 빈부격차를 하루아침에 줄이거나 없앨 수는 없지만 작은 나눔부터 실천하고 있다면 선한 영향력이 사람들의 슬픔을 극복하는 힘으로 뭉쳐지리라고 본다.

작은 시작이 가져온 큰 변화

김규민

나는 미국에서 태어났습니다. 지금은 제주에서 살고 있습니다. 제주도와 미국을 비교하여보면 제주도는 산과 오름이 미국에 비해 많습니다. 제주에는 비가 오고 바람이 불지만 미국에는 구름 한 점 없습니다. 여름과 겨울만 있습니다.

내가 다니는 제주의 학교에서는 봉사활동을 많이 다닙니다. 체험학습을 하러갈 때에도 쓰레기를 많이 줍습니다. 제주도가 깨끗해지기 위해서 도움이 되는 것 같습니다. 하지만 힘들고 지루합니다. 미래에는 로봇이 그런 일들을 대신 해주면 좋겠습니다.

아프리카나 다른 열악한 환경을 가진 나라의 사람들을 보면 도와주고 싶은 생각이 듭니다. 커서 그들을 도와줄 수 있는 기계나 로봇을 만들고 싶습니다.

사람들이 왜 쓰레기를 버리는 지 생각해보았습니다. 대부분은 귀찮아서 그런 것 같고, 급한 일 때문이거나 힘이 들어서 아무데나 버리는 것 같습니다.

미국에는 HELP THE EARTH날이 있습니다. 이 날은 자동차를 타지 못 하고, 자전거를 타거나 걸어 다녀야합니다. 직장으로 출근하거나 퇴근할 때도 마찬가지입니다. 또한 전기를 2시간동안 하나도 쓰지 말아야합니다. 한국에도 그런 날이 있으면 사람들과 자연에게 도움이 될 것 같습니다. 〈인내심 많은 돌〉에서 보면 비닐을 버린 사람 때문에 돌이 오랜 시간 햇빛을 보지 못하게 됩니다. 버린 사람만 있고, 주운 사람이 없기 때문에 벌어진 일입니다. 그리고 비닐이 얼마나 오랫동안 썩지 않는 것인지 알게 되었습니다. 생활용품을 만들 때는 친환경소재로 만들었으면 합니다. 그리고 꾸준히 노력해야합니다. 나무를 많이 심고, 숲을 만드는 것도 당연히 해야 할 일입니다. 작은 시작으로 큰 변화를 얻을 거라고 나는 생각합니다. 제주도는 너무 아름답습니다. 계속 이런 풍경을 가진다면 미국에 가서도 자랑스러울 것 같습니다.

3부

○ 독서
감상문

책을 읽기 전에 표지를 꼼꼼히 보면서 이야기를 먼저 상상해요. 책제목으로도 이야기를 상상해보세요. 책을 읽으면서 나와 친구와 주변 이야기들과 비슷한 상황을 떠올려요. 내가 주인공이라면 어떻게 해야 하는지 생각해보아요. 주변인들이 어떻게 했으면 좋았을지도 생각해보아요. 책을 읽고 나서 내가 변하게 된 감정과 생각을 관찰해보아요. 누구에게 이 책을 읽어보라고 할지 생각해보아요.

꽃잎으로 쓴 글자

- 《마사코의 질문》을 읽고

문재원

    이 책은 '마사코의 질문'과 함께 여러 개의 단편들이 들어 있다. 모두 우리나라의 일제 강점기의 이야기들이다. 그 중에 '꽃잎으로 쓴 글자'가 오래 기억에 남는다. 이야기 속에는 오현지라는 아이의 할아버지가 어릴 적 모습으로 나온다. 승우라는 아이다. 승우와 승우 친구들은 다나카라는 일본인 선생님께 공부를 배운다. 다나카 선생님은 지각을 싫어하셨는데 지각을 하는 학생들의 따귀를 때렸다. 그리고 '위반'이라고 적힌 나무패를 만들었다. 나무패는 조선말을 쓰는 학생들이 받는 것인데 마지막으로 가지고 있는 학생은 열대씩 손바닥을 때렸다. 승우는 열대를 맞고 집으로 돌아온다. 누이들과 승우의 손바닥에 피멍이 든 걸 본 부모님은 우리말을 가르쳐주신다.

    이 책을 읽으면서 궁금한 점이 생겼다. 보통의 부모님들은 학교에서 아이가 매를 맞고 오면 왜 맞았는지 물어보고 그 문제점을 고치게 한다. 하지만 승우의 어머니는 다나카 선생님에게 맞고 온 승우에게 일본말을 가르친 게 아니라 우리말을 가르쳐주셨다. 승우가 맞는 것보다 우리말을 잃는 것이 두려웠던 것 같다. 그걸 보면 승우의 부모님은 우리말과 얼을 지키려는 의지가 강한 분들이란 걸 알 수 있다.

"나라와 민족의 뿌리는 얼과 말과 글이며 언젠가는 반드시 살아나 꽃을 피울 것이다."

라는 문장이 있다. 이 문장처럼 우리나라는 광복을 맞이했고 우리말을 아직까지도 사용하고 있다. 승우의 부모님과 승우와 승우의 친구들이 지켜주었기에 가능했다. 선조들의 의지가 존경스럽다.

이처럼 이 책은 우리나라가 식민지 시대를 어떻게 건디고 버텨왔는지 알 수 있는 충격적인 책이었다. 식민지 시대에는 일본이 우리나라를 지배해서 우리나라 사람들이 일본어를 써야만 했다. 우리나라사람들이 일본어를 쓰겠다고 한 것도 아닌데 강제로 일본어를 쓰게 했다. 학교에선 우리말을 쓰면 맞기도 했다. 이렇게 우리나라가 힘이 없던 시대라니 속상했다. 나라가 힘이 없으면 남의 나라가 지배를 하고 말과 얼을 빼앗는다는 것을 알게 되었다. 그래서 나라는 힘을 길러야 한다. 힘이 없으면 일본처럼 다른 나라들도 우리나라를 침략해서 죄 없는 국민들을 괴롭힐 것이다. 하지만 나라만 믿지 말고 국민들도 힘을 기르고 나라를 위해 힘을 써야한다. 유관순, 안중근 등 많은 분들이 우리나라를 지켜주셨던 것처럼 우리는 힘을 길러서 앞으로도 나라를 지켜야 할 것이다. 우리나라가 얼마나 고통스러웠는지 알게 해준 감동적인 이야기들을 잊지 않는다면 국민은 힘든 상황을 이기고 나라를 보존할 것이다.

평생 기억되는 사람

- 《신라에서 온 아이》를 읽고

함동건

이 책의 표지를 보는 순간, 2학년 때 갔던 경주가 생각이 났다. 그때 불국사와 석굴암 그리고 경주 국립박물관을 갔지만 그냥 놀기만 했던 것이 후회가 된다. 만약 다시 경주에 가게 된다면 이 책에서 받은 감동과 함께 좀 더 주의 깊게 살펴보고 싶다. 경주에서 무웅이를 만나게 된다면 현재의 건축물에 관해 물어볼 것이고 바라는 게 있냐고 물어보고 싶다. 후손들의 생활모습을 보면서 실망한 것과 뿌듯함 점도 있으면 들어보고 싶다. 내가 무웅이라면 역사를 기억하기 위해 유물들을 모으고 박물관을 만든 것을 칭찬하겠다. 하지만 역사를 잘 모르고 역사의 소중함을 모르는 후손에게는 역사를 지켜달라고 부탁할 것 같다.

이 책에는 경주로 이사를 가게 된 정수와 같은 날 전학을 온 무웅이의 이야기가 담겨 있다. 무웅이는 현대적인 옷이 아닌 신라시대의 옷인 요선철릭을 입고 있었다. 다른 아이들에 비해 신라에 관한 역사를 잘 알고 있었다. 그런 점들이 정수에게는 매우 강한 호기심을 불렀고, 무웅과 친해지는 계기가 된다. 마음을 트자 무웅이는 정수에게 그의 할아버지가 불국사를 지었다는 것과 자신이 신라에서 왔다는 사실을 고백한다. 그리고 무웅이는 정수를 데리고 신라시대로 간다. 신라시대를 구경하고 돌아온 정수는 무웅이를 더 이상 만나지 못하게 된다.

이 책을 읽는 동안 신라시대의 사람들의 생활 모습과 복장, 당시 사람들의 가치관과 풍습 등을 알 수 있어서 매우 유익했다. 이 책의 주인공인 정수와 나는 역사에 관심이 많은 것이 공통점인데 이 책을 읽고 나서 더욱 역사를 좋아하게 되었다는 점도 아마 공통점일 것 같다. 무웅이가 신라에서 온 아이라는 걸 알게 되었을 때 정수도 나처럼 떨리고 놀랐을 것 같다. 나라면 정수처럼 무웅이를 따라 신라로 갔을까? 내 자신에게도 물어보게 되었다.

이 책은 여러 번 읽지만 아무래도 결말이 너무 아쉽다. 내가 뒷이야기를 이어서 더 쓰고 싶다. 정수는 무웅이와 헤어지고 난 다음 역사학자가 되기로 마음을 먹는다. 정수는 힘들 때마다 무웅이를 생각하면서 역사 공부를 했고 성인이 되자 우리나라 최고의 역사학자가 된다. 역사학자가 된 정수는 아직 발견되지 못한 역사적 사실을 발굴해내서 우리나라 사람들이 평생 기억하는 사람으로 남는다. 정수는 죽을 때까지 무웅이를 잊지 않으며 살았다.

이 책은 내가 신라 역사에 관해 토의하거나 보고서를 쓸 때 많은 도움이 될 것 같다. 정수는 아마 나에게 역사에 관한 잘못된 지식을 바로 잡아주려고 할 것이고, 무웅이는 서양문물만 받아들이지 말고 우리 문물의 가치를 깨우쳐주려고 애쓸 것이다.

아빠는 평소 역사에 관심이 덜하다 그런 아빠에게 이 책을 선물한다면 아빠는 나보다 더 재미있게 역사 속으로 빠져들 것 같다. 덩달아 엄마도 궁금해서 이 책을 읽을 것 같다. 이 책을 모두 좋아하게 된 우리 가족은 무웅이를 만나서 신라시대로 갈 수 있을 것만 같다.

우리는 어떤 바다가 되어 있을까

- 헤밍웨이의 《노인과 바다》를 읽고

이지호

나의 외할아버지는 내가 어릴 적에 참치 요리점을 하셨다. 지금은 비록 가게를 하지 않지만 그 당신 나에게 재미있는 추억을 많이 쌓게 해주셨다. 할아버지는 어린 나를 옆에 두고 젊었을 적에 원양어선을 타고 바다를 돌아다니셨다고 했다. 그래서인지는 몰라도 정착하면서 참치 요리점을 차리셨다. 나는 할아버지의 가게에 놀러가서 참치를 먹거나 냉동고에 들어가는 놀이에 푹 빠졌다. 그러던 어느 날, 할아버지를 뒤쫓아 냉동고에 들어갔다가 혼자 냉동고에 갇힌 적도 있었다. 다행히 할아버지가 금방 나를 냉동고에서 구해주셨지만 지금도 그때의 일을 생각하면 정말 아찔한 사건이었다.

이 책을 읽는 순간 외할아버지가 말씀하시던 원양어선과 참치의 맛이 느껴졌다. 할아버지가 주인공이라면 어땠을까 하며 읽으니 책이 신기하게도 살아있는 느낌이 들었다. 노인과 바다에 등장하는 늙은 어부 산티아고는 84일 동안 고기를 잡지 못 한다. 그를 따르던 마놀린도 부모의 배를 타게 된다. 노인은 홀로 청새치를 잡다가 이틀이나 배에서 고군분투를 하게 된다. 마침내 그는 청새치를 잡지만 상어 때의 공격으로 청새치를 빼앗긴다.

노인은 바다를 여자처럼 생각하지만 나는 바다를 남자라고 생각한다. 왜냐하면 바다는 누군가에게 일자리가 되고 물을 무서워하는 누군가에게는 지옥이 될 수 있기 때문이다.

이 책에서 나는 노인이 끝까지 포기하지 않고 청새치를 잡는 모습을 정말 배워야한다고 생각했다. 하지만 나는 하기 싫어도 포기하지 않는 게 세상에서 가장 힘들다고 생각한다. 그래서 나는 이 책을 읽고 싫어하는 일을 끝까지 포기하지 않고 열심히 해야 한다는 걸 알았다.

만약, 이 책에서 산티아고를 따르던 소년 마놀린이 끝까지 산티아고와 함께 있었다면 어떻게 되었을까? 아마도 산티아고는 마놀린과 함께 청새치를 잡고 상어떼를 피해 무사히 돌아가 사람들에게 인정을 받을 수 있었을 것 같다.

나는 이 책에서 노인이 자신만의 싸움을 며칠 동안 계속 한 것처럼 시간의 흐름을 느낄 수 있었다. 노인이 원한다면 물고기를 잡는 것을 포기하고 집에 돌아가 편히 쉴 수도 있었을 텐데. 노인은 끝까지 청새치를 잡기 위하여 자신의 내면과 계속 싸운다는 것을 알 수 있었다. 나도 내 자신과 싸움을 할 때가 있다. 나는 놀고 싶은데 공부를 해야 되서 놀고 싶은 욕구를 참을 때도 있고, 게임을 할 때, 게임을 계속 하고 싶은데 멈춰 야하는 순간에는 게임에 관한 욕구를 참을 때가 있다. 노인이 집에서 편히 쉬고 싶은 욕구를 참고 자신이 힘들더라도 기필 코 청새치를 잡겠다는 마음이 내게도 있는 것 같다. 비록 목적 은 다르지만 인내심은 나와 같다.

내가 만약 이 책의 주인공인 산디아고라면 혼자서 무모하 게 배낚시를 나가지는 않았을 것이다. 혼자서 배낚시를 하는 것은 건강한 성인 남성도 위험한 도전이다. 다 늙어버린 노인 이 혼자서 바다에 나가는 것은 무리이다. 아무리 건강하다고 해도 성인 남성과 노인은 힘과 체력에서 차이가 나기 때문이 다. 이 책의 처음부분부터 노인의 상황을 이해하며 읽고 있지 만 노인이 너무 무리수를 둔 것 같다. 마놀린이 노인에게 정어 리 몇 마리를 준다고 했을 때 거절한 것과 사람들이 노인은 이 제 늙어서 옛날처럼 물고기를 잘 낚지 못 한다고 말을 했는데 도 자신의 능력을 과시했기 때문이다. 자신은 아직도 낚시를 잘 한다는 것을 증명하기 위해 배를 타고 멀리 나갔다는 것은 너무 무모했다. 마놀린이 주는 정어리를 받는 것은 미안해서 거절할 수 있다고는 해도 평생 바다에서 몸을 쓰면서 살아온 사람이라 홀로 바다에 나가는 것은 위험하다는 것을 알았을텐데 목숨을 걸었다고 밖엔 설명할 길이 없다.

나는 이 책을 아빠에게 추천하고 싶다. 아빠는 지금 힘들고 지친 상태인데 이 책을 읽고 더 열심히 살아가는데 원동력이 될 수 있었으면 좋겠다. 노인이 고기를 잡아 인정받고 싶은 것처럼 모두가 인정받고 싶어하는 마음은 같은 것 같다. 나도 공부를 잘 해서 인정을 받고 싶은데 공부를 잘하는 게 보통 쉬운 일이 아니다.

이 책에서 노인에게 바다는 서로 사이가 좋다가도 싸우는 친구와 같다면 엄마는 우리를 품어주는 넓은 바다와 같고, 공부는 계속해서 나를 덮치는 바다의 파도와 같다. 아빠는 잠시 휴식을 취하려고 시간을 보내는 바다의 안식처와 같다. 우리는 모두 서로 다른 바다 속에 있다. 나는 나중에 어떤 바다가 되어 있을지 궁금하다.

분노의 반복은 습관

- 《십대, 고수처럼 싸워라》를 읽고

이지호

이 책은 우리가 분노라는 감정을 느낄 때의 여러 종류와 해결 방법을 보여주고 있다. 여러 이야기들 중에서 나는 혜림이의 상황이 이해되었다.

혜림이는 자신이 친해지기 위해 많은 노력을 들이면서 사귄 친구인 정아가 단둘이 쓰던 교환 일기를 갑자기 준희라는 친구와도 쓴다는 것을 알게 되자 불안감이 솟구쳤다. 준희에게 정아를 빼앗길 것만 같았다. 혜림이는 이 사실을 엄마에게 말해보지만 엄마는 무관심한 채 대학 동창회에 가버린다. 결국 혜림이는 정아에게 준희에 대한 불만을 말하고 갈등이 깊어졌다. 둘 사이는 멀어져 버렸다. 혜림이는 쓰레기 분리수거장에서 후회와 더불어 자신에 대한 분노를 표출한다.

내가 초등학교 5학년 때 있었던 일이다. 나는 세 명의 친구들과 잘 지내고 있었다. 그런데 나랑 친구가 싸움이 붙었다.

어울려 다니던 다른 한 명의 친구가 내가 아닌 상대의 편을 들었다. 그래서 나는 그들과 멀어지게 되었다. 내가 친구와 싸운 이유는 단순히 게임 때문이었다. 분명히 누군가가 먼저 사과를 할 수 있는 상황이었지만, 자존심과 용기 부족으로 버티다가 사이가 멀어진 것이었다. 사실 이 때 나와 다른 친구는 서로에게 화가 난 것이 아니라 자기 자신에게 화를 내고 있던 것이 맞다. 그 때의 상황을 되짚어 생각해보면, 분위기에 휩싸여 싸우고 있던 것이었다. 그런데도 먼저 사과할 용기가 없는 겁쟁이였던 것이다. 결과적으로, 그 친구와 싸우고 후회만 남을 뿐이었다.

혜림이는 자기에게 정아 같은 친구는 너무 과분하다는 식으로 계속 생각해왔다. 그래서인지 자신의 자존감을 더욱 깎아내렸던 것 같다. 자존감이 낮아진 혜림이는 자기에 대한 분노를 표출하지 못 하다가 결국 정아와 싸움이 일어나면서 사이가 멀어진 것이다.

다른 사람에게 화를 내는 것보다 자기 자신에게 화를 내지 않는 것이 훨씬 어렵다. 내가 다른 사람들보다 잘 하는 게 뭘까 하고 생각해보면 막상 생각나는 건 없다. 또 내가 내 힘으로 할 수 있는 것도 없을 땐 더욱 화가 난다. 내가 그런 것을 알게 될 때는 꼭 다른 것을 탓하며 화를 내게 된다.

나는 화가 나면 방에 들어가 문을 잠그고 잠을 자거나 게임을 한다. 그러나 문을 잠그고 잠을 자면 문을 잠갔다고 뭐라고 한소리를 꼭 듣는다. 화가 난 후 스트레스를 풀기 위해 게임을 하면 조금만 해도 엄마가 잔소리를 한다. 엄마가 잔소리를 하면 나는 더 짜증이 나고 이런 것들이 반복되어 계속해서 쌓인다.

아이들은 화를 풀려고 게임을 하고, 어른들은 화를 풀기 위해 술을 마신다. 우리 집 강아지는 화가 나면 똥오줌을 아무데나 싸고, 심지어 식물조차 화가 나면 시든다. 하지만 게임을 하면 엄마에게 잔소리를 듣고, 술을 마시면 술주정을 부리며 더 화를 내고, 우리 집 강아지는 똥오줌을 가리지 않으면 엄마에게 잔소리를 듣는다. 식물들은 점점 시들다 결국에는 죽어 버린다. 이렇게 분노는 다른 분노를 만들어내고, 도미노처럼 무너져 버린다.

나는 분노가 갈등으로 인해 생겨난다고 본다. 그래서 그런 갈등이 일어나지 않게 하기 위해 여러 행동을 한다. 예를 들면, 반려동물을 키우는 집이 늘어나자, 외출 시에 강아지에게 목줄을 차도록 했다. 그리고 지금은 입마개를 씌우게 한다. 아파트에서 강아지를 키우려면 중성화 수술을 해야 한다. 마찬가지로 범죄를 저지른 사람들을 감옥에 가두거나 전자발찌를 채우는 등의 다양한 조치가 내려지고 있다. 이러한 조치를 취한다고 해서 갈등이 발생하지 않고, 사람들이 화를 안 내는 것은 아니다.

그렇다면 분노를 해결할 방법은 없을까? 화가 나면 시원한 물을 마시거나, 밖에 나가 바람을 쐬어서 머리를 식히는 방법이 있다. 나의 분노를 유발하는 상대와 거리를 두는 것, 상대방에게 조금 더 온화하고 부드럽게 말하는 것, 이러한 것들도 일종의 싸움의 방식이라 생각한다. 반드시 이러한 방법이 아니더라도 분노를 피하고 해결하는 방법은 여러 가지이다. 우리는 화가 나는 상황이 생기면 보통 상대방의 행동을 지적하며 상대방의 행동을 고치라고 한다. 그러나 우리 자신이 먼저 우리의 행동을 바꾼다면 오히려 화가 나는 상황이 아닌 서로 기분 좋은 상황이 될 수도 있다.

이 책에서처럼 각자의 생각과 각자가 처한 상황이 다르더라도 서로 배려를 하면 된다고 생각한다. 말로는 쉽지만 행동으로는 어렵다고 생각할 수 있다. 우리는 특정 행동을 반복하면 습관이 된다. 나는 화를 내는 것도 습관이라고 생각한다. 마찬가지로 서로를 배려하여 행동하는 것도 습관이 된다면 화내는 습관을 고칠 수 있다고 생각한다.

무한한 기대의 한 순간 몰락

- 톨스토이의 《이반 일리치의 죽음》을 읽고

추유경

이 책은 이반 일리치의 죽음에 관한 이야기다. 출세를 위한 생활을 하던 중 원인 모를 병에 걸려 죽음 선고를 받는다. 죽음 앞에서 자신의 삶을 바라보면서 혼란에 빠진다는 내용이다.

이 책에서 이반 일리치는 혼란에 빠진 생활 속에서 자신을 합리화 한다. 그리고 왜 죽음의 고통이 타인이 아닌 자신이어야 하는지 생각하며 죽음을 부정하려든다. 이 부분을 보면서 인간이 고통과 죽음 앞에서 얼마나 이기적인 존재인지 알게 되었다. 이반 일리치는 타인이 아닌 자신이 죽음의 대상이라는 점에 불만을 갖기 때문이다. 즉, 너는 되고 나는 해당이 안 된다. 라는 사실부정을 하려는데 현실은 죽음을 피할 수 없게 된다. 이러한 가치관을 갖게 되면 뉴스에 나오는 살인, 바이러스에 의한 피해와 죽음을 보며 자신이 아니라는 안도를 하게 된다. 그들의 불행에 무심해지고, 나만 아니면 된다는 식의 자기최면에 빠지게 된다. 공감 능력이 떨어지면 타인과의 만남은 진심이 아닌 겉치레와 기회주의적 사고에서 나오는 가짜 관계가 맺어진다. 사회는 거래와 계약의 관계들로 이루어져서 빈부의 차이와 소외감이 커질 수 있다.

이반 일리치의 죽음 앞에서 알게 된 사실이 또 하나 있다. 이반 일리치는 직장의 부하직원들을 대하는 태도가 달라졌다. '저들은 내가 죽으면 내 자리를 노릴 거야. 나를 위해 울어줄 사람은 하나도 없다.' 라는 심리적 의심이 악을 더욱 부추기며 이반 일리치를 괴롭힌다. 또한, 그의 가족은 그가 죽을 거라는 사실을 알고 위로와 걱정 대신 사교모임에 못 나갈 거라는 미래예측에 탄식한다. 오히려, 이반 일리치를 원망한다. 이반 일리치의 성공에 편승해서 사교와 향락과 부유함 속에서 살던 가족은 이기적인 공생관계로 자리 잡고 있던 것이다. 이로써, 이반 일리치가 성공했다고 생각하던 자신의 삶에 균열이 생기고, 자신을 둘러싼 안정과 행복의 위선으로 가치관에 혼란이 오는 것을 극명하게 보여주는 대목이다.

이반 일리치의 행복과 영생에 관한 무한한 기대는 한순간에 몰락하고 만 것이다. 톨스토이가 러시아의 사회를 빗대어 이 작품을 쓴 것이라고는 하지만, 오늘날 나의 주변에서도 이

반 일리치와 같은 생각을 하는 사람들이 많다. 뉴스에서 이해하지 못할 선동과 자기주장을 펼치는 사람들을 볼 때마다 이반 일리치를 떠올리게 되었다. 죽음, 절망, 고통은 부자와 약자와 나라를 불문하고 모두에게 찾아오는 시련이다. 준비된 죽음과, 준비를 한 절망과 고통은 무사히 한 인간의 삶을 관통하는 듯하다. 교황이나 성인들의 죽음을 보면 온 세계가 슬픔에 쌓인다. 하지만, 교묘한 범죄로 세상을 조롱하다 잡힌 자들이 처형을 당할 때는 모두가 비난하며 당연한 듯 손가락질을 한다.

이반 일리치와 대비를 이루는 마부나 하인은 죽음을 무심하게 받아들인다. 오히려 죽음 이후에 낙원에서 살 수 있을 거란 희망을 품는 듯 보이기도 한다. 그들은 현실이 지옥이자 고통이었으므로 죽음을 새로운 희망으로 인식하고 있다. 동양철학 중에 나오는 성악설과 성선설을 톨스토이는 이미 알고 있었는지도 모른다. 이반 일리치의 선함이 죽음 앞에서 악으로 변하는 과정을 보면, 선함을 타고 났다해도 죽을 때까지 유지하는 것이 얼마나 어려운지 알 것 같다.

마지막으로, 이반 일리치가 두려워하는 죽음 자체는 인간만의 문제가 아니라 생명이 있는 것에는 반드시 따라붙는다는 이치에 관해 생각해본다. 아무리 생전에 선을 행하고 착하게 살려고 노력을 해도 죽음 직전에 악을 행하면 그의 인생을 기록하는 사후의 평가는 악인이 될 수밖에 없다. 죽음에 이르는 순간까지 의연하게 자신의 선함을 지키고 베푸는 게 후회 없는 삶이라 생각한다.

가까이 있는 행복 하나

- 《일곱 해의 마지막》을 읽고

김라희

"비 오는 날, 국수 한 그릇. 이렇게 작은 것에 인생의 행복이 있는데, 도대체 사람들은 어디서 무엇을 찾고 있는 것일까요?"

책 중에서 옥심이 한 말이다. 원래 사람들은 가까이에 있는 행복은 보지 못하고 멀리 있는 행복만을 쫓아가기 바쁘다. 하지만 나는 이 책을 보며 내 가까이에 있는 행복 하나를 찾아냈다.

이 책의 주인공은 '기행'으로 시인 백석을 모티브로 한 인물이다. 처음에는 이 책이 조선 민주 공화국에서 원하는 글과 시를 쓰고 싶지 않았던, 그 시대에서 자신의 의지를 굽히지 않고 자신이 원하는 글, 시를 쓰는 시인의 이야기를 말 하고 싶었던건지 아니면 백석 시인의 삶을 말하려고 이 글을 쓴 건지 헷갈렸다. 책을 다 읽은 지금도 뭔지 잘 모르겠지만 기행이 외로운 삶을 살았다는 건 확실히 알 수가 있었다.

그리고 이 책의 상황이 묘하게 지금 우리의 상황과 닮아있는 것 같았다. 물론 내가 쓰고 싶은 글을 쓸 수 없다는 제한이 있고 우리에게 자유가 없다는 건 아니지만, 하고 싶은 게 있어도 맘대로 할 수 없어 답답하다는 게 비슷했다.

책의 한 구절에서 '숲이 비어 있는 것을 보는 사람도 시인이고, 폐허가 꽉 차 있는 것을 보는 사람도 시인이지요. 저는 모든 폐허에서 한때의 사랑을 발견하기 위해 시를 씁니다.'라고 말하는 부분이 있는데 이 구절이 정말 인상 깊었다.

왠지는 모르겠지만 마음이 따뜻해지고 마음속이 간질거린다. 그 이유는 정말 모르겠다. 벨라가 저 말을 했을 때 정말 멋져보였다. 표현력이 정말 뛰어난 것 같다. 난 시인이 무엇이라 생각하냐고 묻는다면 시인은 글로써 다른 사람들을 웃게도 해주고 슬프게도 해주는 사람이라고 생각한다고 대답할 것 같은데 이 부분에서 벨라가 제일 멋져보였다.

책을 읽으면 읽을수록 이 책은 정말 많은 걸 깨닫게 해주는 책인 것 같다는 생각이 들었다. 그 도시는 그들의 것이고, 그들이 청춘과 꿈을 묻은 곳이기 때문이다.

그 청춘과 꿈이 있기에 어떤 폐허도 가뭇없이 사라질 수는 없는 것이라고 그녀는 믿고 있었다. 인생의 질문이란 대답하지 않으면 그만인 그런 질문이 아니었다.

원하는 게 있다면 적극적으로 대답해야 했다. 어쩔 수 없어 대답 하지 못했다 해도 그것 역시 하나의 선택이었다. 등과 같이 정말 많은 구절들이 생각을 많이 하게 해주었다. 공감 되는 구절도 많았고 이해가 되지 않는 구절들도 있었다. 그래도 이런 구절들을 읽는 재미가 쏠쏠해서 중간 중간에 책 내용이 이해가 안 되어도 재밌게 읽었다.

김연수 작가의 책은 이번이 처음인데 걱정하며 봤던 거 치곤 잘 읽었다. 거기다가 책 중간에 포스트 카드 2장이 들어있어서 너무 좋았다. 책갈피로도 유용할 것 같고 친구에게 편지를 쓸 때도 좋을 것 같아 기분이 날아갈 것 같았다. 김연수 작가의 책 중에서 유명한 책도 몇 권 있었는데 한 번 읽고 싶은 마음이 간절하였다. 아마 그 책도 이 일곱 해의 마지막처럼 좋은 명작이지 않을까 생각이 든다.

냉담하지 말고 지치지 말고

- 《일곱 해의 마지막》을 읽고

홍세연

무덥고도 청량한 8월 방학이 시작된 후 서울의 가족들을 만나러 갔다. 코로나임에 익숙하고도 정겨운 외할머니 댁에서만 지내게 되었다. 그러다보니 여러 생각들이 많이 떠올랐는데 그중 가장 많이 차지한 생각은 아빠와의 추억들이었다. 얼마 전 아버지가 돌아가신 후 난 종종 멍 때리는 시간이 많아졌다. 그것은 아마 '나'가 쉬고 싶어서 그런지도 모른다. 그렇지만 나는 공부를 해야 하는 학생이기에 내 안의 나들을 가둬놓고 중간고사를 보고 기말고사를 보고 난 후 방학이 되어서야 내 안의 '나'들의 이야기를 들어주기 시작했다. 물론 중간중간 아니 어쩌면 많이 조금씩 나의 마음은 새어나와 나를 삼킨 적도 있었다. 하지만 방학 중의 내가 들어줘야 할 말들은 너무나도 많았다. 나의 말들을 들어주느라 정작 나를 돌아보지 못하였다. 그럴 때마다 책들이 나를 타일렀고 나대신 나의 말을 들어주었다.

가장 공감이 되었던 '준'의 말인 "고통을 느끼지 못하는 인간, 슬픔을 모르는 인간 그게 바로 당이 원하는 새로운 사회주의 인간형 인가봐. 그러니 나도 웃을 수밖에." 이 말이 슬픔보다는 아니 감정보다는 현실에 착실해야 했던 나의 지난날을 정확히 형용해주는 말이었다. 그래서 이 말을 나는 계속 중얼거렸다. 그리고 "그러니 나도 웃을 수밖에" 이 말이 씁쓸하면서도 시원한 바람처럼 '나'의 눈물을 마르게 해주었다.

'냉담하지 말고 지치지 말고' 이 말도 큰 위로가 되었다. 냉담하지 말고 라는 말이 나에게는 너 자신에게 따뜻해지고, 현실에 지치지 말라는 말로 들렸다. 이 문구 한마디에 나의 마음은 '덜컹'하고 밑에 뭐가 있을까 두려워 벌벌 떨며 잡던 줄을 놓았다. 그 아래에는 아무것도 없었고 아프지도 슬프지도 않았다. 그래서 나의 마음은 안도하며 쉴 수 있게 되었다.

기행은 현실에 대해 불평하다 어떤 시인의 말에서 답을 알게 되었다고 한다. 기행도 나와 같은 느낌이었을까? 그 시인의 말이 나에게도 어쩌면 나의 삶의 답에 조금이라도 가까워진 것일지도….

항상 책은 내가 나의 말을 더 잘 들을 수 있게 해주고 깨달음을 주는 존재이다. 하지만 이번 읽은 《일곱 해의 마지막》은 점점 불투명해져가는 작가라는 꿈을 스케치해주었다. 인물들이 따뜻한 글을 쓰는 장면을 읽을 때는 책을 읽고 있지만 나도 글을 쓰고 싶어 손이 근질근질 거렸다. 그들이 글을 얼마나 애틋해하고 소중해하는지가 글임에도 느껴졌다. 그리고 그러한 그들을 보니 글을 좋아하고 쓰는 것도 좋아하는 나지만, 그들이 글을 다루는 마음에 비해 모자라다는 생각이 들었다.

그 때 북한의 문학인들의 고충과 그들의 세계관을 이해하기는 어려웠다. 하지만 자신들의 글이 누군가에 의해 아니 사회로 인해 숨 쉴 수 없게 됨으로서 느끼는 감정은 답답하고 안타까웠을 것 같다. 돈을 벌기 위해 글을 쓰는 사람도 있겠지만 나는 그저 글 쓰는 것을 좋아하는 사람들이 더 많다고 생각한다. 내가 그러하니까. 그러니 자신이 좋아하는 것을 쓰지 못하는 것은 자신의 눈과 귀를 막는 것과 같다고 생각한다. 자유롭게 쓰고 읽을 수 있는 나라와 시대에 태어나 다행이다.

책의 마지막으로 갈수록 글이 작고 약하다고 기행은 생각한다. 자신의 글이 적힌 종이를 난로에 태우면서부터 말이다. 이러한 기행의 말과 생각이 그가 글을 얼마나 소중히 여기는지 알게 해주었다. 이 때의 기행의 상황에서는 글은 작고 약하다. 그렇지만 분명 그 사이사이에 글은 작고 약하지만 그에게 강한 힘을 주었다. 나도 글은 작고 약하다고 생각한다, 그렇지만 또한 글은 강하다. 한 사람의 힘들고 지친 하루를 행복하게 마무리할 수 있게 해주는 것은 매우 강한 힘이라고 생각한다. 그렇지만 글은 기행이 태우는 장면처럼 쉽게 쓰고 사라지는 약한 존재이다. 누군가에 의해서일 수도 있고, 그 어떤 이유에서도 사라질 수 있다. 그렇지만 그러한 글이 누군가에게 힘이 되니 우리 인간은 계속해서 글을 남기고 사랑하고 소중히 대하는 것이 아니한가. 물론 앞으로도,

가장 팽팽한 끈

-《일곱 해의 마지막》을 읽고

오지의

　김연수 작가의 일곱 해의 마지막은 우리에게 좋은 교훈을 주는 것 같다. 처음에는 벨라와 빅토르에 대해서 나와 있었는데 그 둘의 일생을 간단하게 설명이 되어있다. 벨라와 빅토르의 사랑은 존경과 소유의 마음으로 이루어진 거짓된 사랑이었다를 너무나도 잘 표현해준다. 책에 나와 있는 구절은 '시간이 흐를수록 처음의 열기와 빛은 사라지리라는 예감이 있었다.'라고 간단하고 마음에 와닿게 설명이 되어 있다. 여기서 난 벨라의 시점으로 된 글들을 자세히 읽어보았다. 그리고 여기선 벨라와 빅토르 말고도 중요한 인물이 나온다. 아니 이 사람의 주인공이라고 할 수 있다. 시인 '백석'을 모델로 한 기행은 노트 필기를 좋아하는 사람이다.

　기행은 시인이자 번역가로도 활동하는 그런 인물이다. 그런 그가 조선작가동맹에서 벨라를 만나게 된다. 그는 벨라에게 자신이 적은 노트를 건넨다. 이때 나는 기행이 용감하다고 생각한다. 자신이 창작한 어떠한 무엇인가를 남에게 보여준 것은 너무나도 큰 용기가 필요하다. 벨라는 그런 기행의 시를 떠올리며 세로로 써내려가는 글자를 생각하게 된다. 여기서 나는 벨라가 기행이 주었던 노트를 기억하고 있다는 것이 좀 마음에 들었다. 하지만 소설을 읽다 보니 벨라는 빅토르를 만나게 된다. 하지만 빅토르는 벨라 보고 그 노트에 뭐가 적혀있는지 알지도 못하면서 왜 가져오냐고 말한다. 여기서 벨라와 빅토르가 얼마 못 가 끝날 것을 알 수 있었다.

빅토르는 아무 계획 없이 아내와 딸을 무시하고 몇 달 동안 아무 계획 없이 집에 돌아오지 않는다. 나도 이 빅토르의 행동에 반대하는 것은 아니지만 그의 생각은 조금 잘못되었다고 나는 생각한다. 결혼을 어쩔 수 없이 한다고 쳐도 일단 조금이라도 책임을 져야 한다. 근데 여기선 벨라와 빅토르의 생각은 전혀 다르다. 가치관이 달라 싸우는 일도 지금이 아니더라고 번번이 일어날 것이다. 지금도 그렇다. 남편은 책임을 안지고 밖에 떠돌고 아내는 아이 챙기느라 정신없다. 빅토르가 생각을 조금 바꾸더라도 그럭저럭 잘 사는 가족이 될 수 있었을 텐데 많이 아쉽다. 그렇게 벨라는 막심의 소개로 기행에게 받은 노트에 적힌 글을 해독하기 위해 국립영화대학을 찾는다. 벨라가 만난 사람은 리진선이다. 벨라는 리진선이 믿을 만한 사람인 것을 파악하고 기행에게 받은 노트를 건넨다. 여기서 나는 벨라가 선택한 방법이 너무나도 잘한 선택인 것 같았다. 왜냐하면 자신이 그 국가의 언어를 배워서 그 글을 해독하는 방법보단 아는 지인에게 부탁하는 방법이 더 났다고 생각한다. 하지만 그래도 이 방법은 너무나도 위험하다.

리진선이 믿을 만한 사람이라고 하지만 이때의 문장을 읽을 때마다 약간씩 조마조마했다. 어쨌든 리진선은 벨라에게 그 글을 설명해준다. 이때의 상황을 아주 간단하게 설명하면 리진선은 벨라에게 '엄청나게 아름다운 조선어'라고 한다. 이 문장이 너무나도 뜻깊었다. 기행의 시를 엄청나게 아름다운 조선어라고 말해주는 리진선이 좀 멋있었다. 나도 한 번 기행의 시를 읽고 싶어졌다. 하지만 여기서 너무 아쉬운 점은 리진선은 번역을 잘 못한다. 그래도 벨라에게 번역해 준 리진선이 너무나도 고맙게 느껴졌다. 나에게도 누군가가 자신이 쓴 글을 보여주었으면 좋겠다고 생각했다.

나는 내가 쓴 글을 보여주지만 친구가 쓴 글을 본 적이 없다. 어쨌든 벨라는 리진선에게 번역을 부탁하기 위해 기행의 노트를 넘겨준다. 하지만… 두둥! 벨라는 노트를 잃어버린다. 그래… 그랬다. 너무나도 허무했다. 나도 허무했다. 리진선에게 노트를 돌려받지 못한 벨라는 그놈의 빅토르의 충고 때문에 노트를 잃어버린 경위를 편지로 보내고 더 이상 조선어로 쓴 시들을 보내지 말라고 편지로 보낸다. 두둥… 이때는 허탈감이 느껴진다.

벨라가 무슨 생각으로 빅토르의 충고를 왜 들었는지는 모르겠지만 이렇게 기행과 인연이 끊어진다는 것이 너무나도 허탈했다. 처음에는 기행과 벨라가 이 노트 하나로 이어진다는 것이 너무나도 좋았지만, 이제는 더 이상 만날 이유도 없어지게 된다. 벨라와 빅토르가 존경과 소유의 마음으로 인연이 닿았다면 벨라와 기행은 노트 하나로 인연이 맞닿았다. 이렇게 인연은 쉽게 끊어질 수 있다. 가끔씩 로맨스가 보이는 것은 작가님의 의도가 아닐 수도 있지만 난 캐릭터들의 인연을 중심으로 글을 살펴보았다.

인연은 사람들끼리 이어지는 가장 간단한 방법이지만 가장 팽팽한 끈이다.

평범함에 맞게 사는 어려움

- 《아몬드》를 읽고

이상협

윤재라는 아이는 감정이 거의 없는 아이다. 윤재가 어릴 때 아버지를 잃었고 할머니와 엄마의 손에 자랐다. 엄마와 할머니는 기본적인 공감과 감정을 가르쳤다. 그러던 어느 날, 크리스마스 이브에 엄마와 할머니는 어떠한 남자에 의해 습격을 받아서 할머니는 돌아가셨고, 엄마는 혼수상태에 빠진다. 엄마가 운영하던 책방 윗층에 사는 심박사가 그를 도와주어 학교를 다니기 시작했다. 또한, 윤교수가 그를 찾아와 자신의 아들인 척 자신의 아내를 만나달라고 부탁한다. 그리고 윤박사의 진짜 아들인 곤이를 만나게 된다.

곤이는 어릴 적 놀이공원에서 부모님을 잃어버리고 소년원을 갔던 문제아이다. 곤이는 처음에 윤재를 미워했지만 시간이 지나 그에게 매력을 느낀다. 그렇게 윤재와 곤이는 친구가 되었지만 아버지와는 사이가 좋아지지 않는다. 윤재는 도라라는 아이에게 새로운 감정을 느끼기 시작하는데, 심박사는 그것이 사랑이라 말한다. 이렇게 윤재가 감정을 느끼는 동안 곤이는 결국 집을 나가 철사라는 남자에 의해 위험에 빠진다. 윤재는 곤이를 위해 철사를 만나러 간다.

이 책에서 윤재는 굉장히 특별한 아이라고 말한다. 윤재는 어릴 때부터 편도체가 발달되지 않았다. 그래서 그는 공감능력과 감정이 발달되지 못했다. 아이들은 그를 기피하면서도 신기해한다. 이렇게 아이들은 윤재를 이상한 아이 취급한다.

나는 이상한 아이의 기준이 뭐길래 윤재가 그렇게 낙인 찍혔는지 잘 모르겠다. 사람들에게 그 기준이 무엇인지 물어보면 대답은 제각각이다. 이렇게 사람들이 생각하는 기준이 다른데 왜 세상은 윤재를 이상한 아이라고 낙인을 찍었을까? 나는 이상함의 기준이 세상의 이치를 벗어나는 생각이나 행동을 하는 것이라 생각한다. 사람은 모두 다르고 특별하기에 그러한 사람이 나올 수밖에 없다고 생각한다. 그런데 그들이 우리와 다르다고 낙인찍는 것이 현실이다. 그렇기에 우리가 그 다른 점을 자연스럽게 생각하고 이해한다면 우리의 세상이 좀 더 특별해지지 않을 까 생각한다.

이 책을 읽다보면 아이들이 윤재를 보고 '로봇'이라고 말하는 장면이 있다. 왜냐하면 그가 감정이 없고 공감능력이 부족하기에 그렇게 말한다. 하지만 윤재는 점점 새로운 감정을 느끼고 발달한다. 이렇듯 윤재는 로봇이 아니다. 그가 감정과 공감의 발달이 더딜 뿐 그는 로봇이 아니다. 하지만 우리 사회나 학교에서는 어디서나 그런 사람을 보면 '이상해'라고 말한다. 심지어 로봇이라거나 사이코라고 말하기도 한다. 우리는 모두 약점을 가지고 있고, 부족한 점들이 있다. 그러한 것들이 밖으로 드러나는 사람도 있지만, 내면에서만 나타나는 사람도 있다. 사람들은 밖으로 표현된 것에 공감하고 이해한다. 예를 들어, 타박상이나 골절을 당했을 때 그 사람에게 장난치지 않고 도와준다. 하지만 내면이 아픈 사람에게는 마음속을 다치게 하는 말을 하게 된다. 그의 감정이나 마음을 놀리기까지 한다.

물론, 내면에 있는 약점은 알아차리기가 어렵고 이해하기도 어렵다. 하지만 나는 우리의 상처와 부족한 점을 감싸는 사회가 있어야한다고 생각한다. 그런 사회를 만들려면 사람들의 노력들이 모여져야 한다. 누구에게나 결핍이 있고, 그 결핍이 달라보여도 다 같은 결핍이라는 걸 기억해야한다. 또한 윤재와 곤이 모두 결핍이 있고, 이상한 사람취급을 받는다. 우리는 이상한 사람을 특별한 사람이라고 생각하고 모든 사람을 특별하다고 생각했으면 좋겠다.

곤이는 어릴 때 부모님을 잃어버리고 고아원에 갔다. 그리고 소년원을 가는 문제아라고 말한다. 그는 어릴 때 놀이공원에 가서 엄마가 통화하는 동안 무언가에 이끌렸는지는 모르겠지만 엄마의 손을 놓쳐버렸다. 곤이가 엄마를 잃고 당황했을 거라 생각하니 슬프다. 어쩌면 곤이가 부모님의 사랑을 받다가 한 순간에 사라지니 문제아로 자랐는지 모른다. 윤재를 때린 이유도 자신이 사랑하던 엄마를 빼앗겼다는 두려움 때문 같다.

이 책에서는 곤이가 문제아가 된 이유를 자세히 설명하지 않는다. 하지만 고아원에서 부모를 잃은 충격으로 자라난 곤이의 입장에서 보면 다른 아이들과도 어울리지 못 했을 거란 생각이 든다. 어릴 때 부모를 잃어버리고 세상에서 버림까지 받고 돌아왔는데 아버지까지 아들을 미워한다면 기댈 곳이 없어진다.

나는 윤재와 곤이가 친구가 된 것을 보고 많은 질문을 던졌다. 곤이가 윤재한테 마음이 끌린 것은 윤재가 다른 아이들과 다르게 곤이를 봐주었기 때문이다. 곤이는 진정한 친구를 사귀고 싶었을 것이다. 모두가 곤이를 바라보는 시선은 아프게만 했다. 그것이 곤이를 엇나가게 만들었다.

곤이와 윤재에겐 큰 차이점이 있다. 곤이는 자신을 미워하지만 사랑하지 않는다. 남들이 자신을 미워하는 것보다 자기가 자신을 미워하는 사람들이 많다. 곤이는 모든 사람들이 자신을 버렸다고 비관적으로 생각한다. 만약 나였어도 그러했을 것이다. 곤이가 '무식하게 바른 아이로 돌아왔으면' 하고 아버지조차 강요하듯 말했다. 지금 곤이에게 가장 필요한 것은 관심과 이해 그리고 '나는 너를 포기하지 않았단다.'와 같은 말일 것이다. 하지만 아버지는 그러지 못 했다.

윤교수는 곤이가 말을 안 듣자 곤이를 거의 버리다시피 했다. 곤이가 문제아인 걸 알았을 때 다른 아이를 자신의 아내에게 데리고 가서 아들행세를 시킨다. 부모에게 버림받는 아이의 심정을 이해하지 못하는 것 같다. 곤이는 자신을 이해하고 사랑해주는 사람들을 원하고 바랬을 것이다.

〈아몬드〉라는 책은 모든 사람들이 모두 다른 성격과 장점, 단점을 가졌지만, 그것에 관한 이해보다 잘못된 인식과 생각을 가졌다는 것을 알려주고 깨우쳐주는 책이다.

지혜의 등대

-《숨 쉬는 도시 꾸리찌바》를 읽고

전소윤

꾸리찌바는 브라질에 있는 도시 이름이다. 꾸리찌바는 친환경적 도시 계획과 실천으로 세계 생태 도시로 주목 받고 있다. 꾸리찌바에는 꽃의 거리가 있다. 보행자 천국인 꽃의 거리 근처 도로는 차도가 좁고, 과속 방지 턱이 설치되어 있다. 꽃의 거리 주변 지역까지도 보행자를 위한 최우선 구역으로 지정되어 주차가 허용되지 않는다.

꾸리찌바에는 꾸리찌바를 상징하는 지혜의 등대가 있다. 지혜의 등대는 3층짜리 미니 도서관이다. 또 등대에는 비상 전화도 있고, 밤 9시부터는 경찰관이 근무한다. 꾸리찌바에는 빨간색 굴절 버스가 있다. 그 버스 한 대에 사람 270명이 탈 수 있다. 270명을 싣고 교외 터미널에서 시내까지 직행한다. 자가용보다 훨씬 편리하니까 매일 190만 명 이상이 버스를 이용한다. 덕분에 우리나라처럼 나라에서 보조금을 주지 않아도 세계에서 가장 싼 버스 요금으로 최고의 서비스를 제공한다.

꾸리찌바는 세계 최고의 교통체계를 갖고 있다. 우리나라는 지하철을 만들기 위해 애쓰지만, 사실 땅을 파서 지하철을 만드는 것보다 버스 전용 도로를 두는 것이 돈이 훨씬 적게 든다. 그래서 꾸리찌바에서는 버스에 투자를 아끼지 않는다. 꾸리찌바의 버스는 여러 가지 색깔로 구분되며, 색깔마다 노선이 다르다. 회색 버스는 꾸리찌바의 교통의 축이랄 수 있는 중심 지역 사이를 직통으로 달린다.

꾸리찌바가 한창 환경 문제로 골머리를 앓고 있을 때, 젊은 건축가 자이메 레르네르가 꾸리찌바의 시장이 되었다. 레르네르 시장님은 돈보다 시민의 처지를 먼저 생각했다. 특히 가난한 사람들을 위해 무슨 일을 해야 할지 많이 궁리했다. 그리고 드디어 참신한 시장님의 발상과 시민들의 적극적인 협조로 꾸리찌바는 세계 최고의 생태도시로 바뀌었다.

사람을 먼저 생각하는 시장님의 따뜻한 마음과 참신한 아이디어, 그리고 많은 사람들의 협조로 꾸리찌바는 세계 최고의 생태도시가 되었다. 우리가 사는 제주도의 시장님도 꾸리찌바의 레르네르 시장님 같은 분이면 좋겠다. 과연 그렇게 될 수 있을까? 그렇게 되려면 사람들이 쓰레기를 아무데나 버리지 않고 뭐든지 다 깨끗하게 여길 줄 알아야 되는데⋯⋯. 언젠가 사람들이 자연을 깨끗하게 해줄 수 있을 까? 나는 정말 궁금하다. 나는 그렇게 된다면 정말 좋겠다. 뛰어난 과학자들도 많아지면 제주도가 아름다운 친환경 섬으로 계속 유지될 수 있을까? 친환경적인 과학기술도 많이 발전하겠지……. 나는 미래의 제주도가 사라지지 않고, 아름답고 깨끗한 친환경 섬이 되길 바란다. 우리 모두가 함께 행복하고, 건강한 제주도가 되기를 바란다면 가능하다고 본다. 폐허가 되지 않고, 아름다움이 사라지지 않는 섬, 제주는 항상 미래를 책임지는 지혜의 등대이기 때문이다.

옛날 화장실의 풍습

- 《똥떡》을 읽고

김이연

똥떡은 뒷간에 빠진 아이의 수명이 줄어드는 것을 막아주는 떡입니다. 뒷간귀신이 심술을 부려서 준호가 뒷간에 빠졌습니다. 그래서 똥떡을 만들고 뒷간 앞에 가서 비는 이야기입니다.

내가 만약 뒷간이 있고, 현대식 화장실이 없는 시대에 태어났으면 뒷간에 안 갔을 것입니다. 더러운 뒷간에 빠져서 뒷간귀신에게 빌어야 된다는 건 생각만 해도 끔찍합니다. 준호는 뒷간귀신을 만나서 무서웠을 것 같습니다. 하지만 뒷간귀신을 실제로 한번 보고 싶긴 합니다.

이 책을 읽고 나서 뒷간과 똥떡에 관한 옛날 풍습을 새롭게 알게 되어 기쁩니다. 이 책은 제목도 신기하지만, 표지의 그림이 특이했습니다. 만약에 준호가 뒷간에서 똥통에 빠졌는데도 똥떡을 만들지 않았다면 어떻게 이야기가 바뀔지 궁금합니다. 혹시 준호가 일찍 죽는 것은 아니겠지요?

내가 만약 귀신을 만난다면 내가 먼저 말을 걸 것 같습니다. 나를 잡으러 온 것인지 알고 싶고, 다른 사람을 잡으러 왔다가 혼동했을 수 있기 때문입니다. 가만히 생각해보니 뒷간과 비슷하게 생긴 화장실에 간 적이 있습니다. 변기에 앉아서 볼일을 보는 것이 아니라 쭈그려 앉아서 볼일을 보는 변기였습니다. 주변에 그런 변기가 없어서 다행입니다. 똥통도 보이지 않아서 다행입니다. 뒷간귀신이 나타나면 안 될 일입니다. 이 책은 옛날의 풍습을 알 수 있어서 좋은 책입니다. 그리고 다시는 준호가 덤벙거리지 않고 볼일을 볼 수 있게 지혜롭게 떡을 해서 사람들과 나눠 먹은 점도 참 좋았습니다.

두려움은 내가 무서워하는 것입니다. 만약 내가 두려움에 떤다면 이유는 딱 두 가지입니다. 첫째, 아빠에게 혼나는 것. 둘째, 엄마에게 혼나는 것입니다. 준호가 뒷간귀신을 만났을 때 두려움을 느꼈을까요? 만약, 귀신이 재미있는 귀신이라면 나는 무섭지 않을 것 같습니다. 내가 두려움을 느낄 때 대처법은 핸드폰과 TV를 보는 것입니다. 두려움이 있을 때 재미있는 것을 보면 잊어버리기 때문입니다.

내가 스미는 책 속으로

- 《돼지가 한 마리도 죽지 않던 날》을 읽고

이수호

　로버트는 애드워드가 자신의 옷을 보고 놀리자 잔뜩 화가 나서 돌을 던지고 있었다. 그런데 어디서 소의 울음소리가 들려 왔다. 자신과 친한 테너 아저씨가 가장 아끼는 소가 새끼를 낳고 있었다. 소의 이름은 행주치마였다. 로버트는 잠시 고민하다가 아저씨를 도와 새끼를 낳는 것을 도와주었다. 그러는 과정에서 심하게 다쳤다. 테너 아저씨는 로버트에게 고맙다며 예쁜 아기 돼지를 주셨다. 로버트는 돼지에게 핑키라는 이름을 지어주었다.

　행주치마가 낳은 보브와 버브를 러틀랜드 전시회에 보낸다는 태너 아저씨를 따라 로버트는 핑키를 데리고 간다. 그곳에 따라 간 핑키가 상을 받았다. 그러나 기쁨도 잠시, 로버트의 아빠가 죽었다. 죽기 직전에 로버트에게 자신은 이제 죽을 것이니 가족을 책임져달라고 부탁을 한다. 그리고 핑키가 새끼를 못 낳는 것을 알고는 아빠의 도살장에서 도살을 해야한다고 했다. 아빠가 돌아가신 날, 아빠의 동료들이 모두 집으로왔다. 그날은 돼지가 한 마리도 죽지 않는 날이 되었다.

이 책을 읽으면서 의문이 들었다. 제목은 돼지가 한 마리도 죽지 않던 날인데, 주 내용은 돼지에 관한 것이 아니라서놀랐다. 하지만 마지막에 제목이 왜 이것인지 알게 되었다. 도축업자이신 아빠가 돌아가셔서 동료들이 전부 장례식에 와주었기 때문에 그랬다는 것을 알았다. 장례식장에 모든 동료가 올 정도로 아빠는 참 인간적이었을 거라는 짐작도 하게 되었다.

요즘, 우리 현대인들은 주로 웹 소설, 판타지와 같은 재미있는 책을 선호한다. 하지만 이 책은 가족 드라마를 보듯 잔잔하고 평범한 생활을 보여주고 있다. 그것도 모르고 책을 중간정도 읽었을 때는 늑대가 나타나서 돼지를 다 잡아먹어 버려서 주인공이 늑대를 잡으러 가겠지 하고 생각을 했다. 그런 생각을 가지고 이 책을 읽으면서 다음 장엔 무엇이 나올지 궁금해 하다 보니 몰입이 잘 되었다.

이런 종류의 책을 만화나 판타지를 읽다가 읽으니 색다른경험처럼 느껴졌다. 주인공의 실화를 바탕으로 썼다는 것을고려하여 읽으니 주인공이 순간순간 진짜 책 같은 삶을 살았다는 것에 동요되기도 했다. 책을 다 읽고 나서 감동이 정말 오래 남았다. 영화를 보다 끝났을 때 먹다 남은 팝콘을 버리러 가며 이게 아직도 영화인지 현실인지 구분을 못 할 때의 기분 이랄까. 문장마다 여류하며 잔잔하게 스미는 나를 발견할 수 있어서 좋았던 책이었다.

작고 위대한 힘

- 《나무를 심은 사람》을 읽고

이수호

나는 이 책의 이야기를 학교에서 영상으로 접했는데, 책으로 읽으니 새로웠다. 나는 영상에서 본 노인의 업적을 알고 있었지만, 이 책에 나오는 것처럼 한 젊은 여행자에 의해 노인의 업적이 세상에 알려졌다는 것은 몰랐다.

만일 이 여행자가 우연히 보았던 언덕 위의 물체를 그냥 나무라고 생각했다면 우리는 노인을 알 수 없었을 것이다. 노인의 업적과 이름도 알 수 없었을 것이다. 젊은이처럼 세상에 숨겨진 작고 위대한 힘들을 찾아내는 것도 중요하다는 걸 알았다.

누군가가 나에게 찾아와 '도토리를 많이 줄 테니, 좋은 도토리를 골라 황무지에 심어라.' 라고 명령한다면 거절하겠다. 좋은 도토리를 대신 골라준다 해도 거절할 것 같다. 그런데도 이 노인은 자발적으로 좋은 도토리를 고르고, 황무지에 심었다. 이 노인에 의해서 자살이 유행처럼 퍼지고, 범죄가 들끓던 메마른 황무지가 웃음과 축제로 넘쳐나는 시골이 되었다.

이 책을 통해 많은 의문점이 들었다. 1935년 정식 정부대표단이 찾아와 천연 숲을 보고는 왜 놀라기만 한 걸까? 그 원인을 조사하려고 하지 않은 이유가 무엇일까? 나는 그 사람들에게 〈결과보다 과정이 훨씬 중요하지 않을까요?〉라고 말하고 싶다. 초등학교 5학년들도 결과보다 과정이 얼마나 중요한지 알고 있는데 어른들은 왜 결과에만 가치를 두는 것일까?

'한 사람의 인격이 얼마나 훌륭한지 알기 위해서는, 오랫동안 그 사람의 행동을 지켜볼 수 있어야 한다. 그 행동이 조금도 이기적이지 않고 더없이 고결한 마음에서 나왔으며 어떤 보상도 바라지 않고 세상에 뚜렷한 흔적을 남겼다면, 그때는 영원히 잊을 수 없는 인물을 만난 것이다.'라는 문구가 이 책의 첫 부분에 나온다. 이 문구처럼 나도 젊은 여행자가 만난 인물을 만나고 싶다. 영원히, 죽어서도 잊을 수 없는 인물을 만나서 그의 이야기를 책으로 쓰고 싶다. 그 사람의 행동이 자연을 위해서, 우주를 위해서, 혹은 과학발전을 위해서 이기적이지 않고 더없이 고결한 마음을 지니고 있다면 좋겠다.

사람의 힘으로 천연 숲을 만들 수도 있구나 라는 생각을 하다가 박물관의 유물을 떠올렸다. 박물관에 전시된 유물들도 전부 사람들에 의해 만들어졌다는 생각을 하자 노인의 행동이 이해되었다. 나에게 작고 위대한 힘으로 기적을 만들 수 있다는 것을 보여준 노인에게 경의를 표한다.

　나도 노인처럼 환경을 위해서 매일매일 꾸준히 무언가를 한다면 노인이 황무지를 멋진 숲으로 변화시킨 것처럼 변화가 찾아올 것 같다. 먼저 작은 것부터 꾸준히 실천할 수 있는 것들로 시작해야겠다.

감정 느끼기
- 《아몬드》를 읽고

김민서

나는 《아몬드》라는 책을 읽었다. '아몬드'라는 것은 견과류 개념이라 생각하지만 이 책은 다른 의미를 담고 있는 것 같았다.

《아몬드》는 감정을 느끼지 못하는 '윤재'가 나온다. 맨날 감정을 느끼지 못한다고 애들의 눈초리를 받다가 어느 날, 살인사건으로 엄마는 혼수상태, 할머니는 돌아가시게 된다. 그러나 곤이와 도라를 만나면서 감정을 느끼고 결국, 감정을 느끼는 평범한 사람이 된다는 내용을 담고 있다.

이 책은 정말 인상적인 장면이나 구절이 많았다. 첫째, 한 아이가 죽음 앞에서 감정을 나타내지 않고 말해서 사람들의 오해를 산다는 점이다. 그리고 할머니가 자신을 '이쁜이'대신 '괴물'이라고 불렀던 점이다. 그러면서도 윤재를 보살펴준다는 점이다. 책의 후반부에 곤이 대신 칼을 맞는 것과 도라와 만나 '좋아한다.'라는 감정을 느낀 것 등을 들 수 있다.

이 책에 나오는 윤재와 나는 조금 비슷하다. 나는 가끔 애들의 감정을 잘 이해해준다고 생각하지만, 대부분 이해하지 못할 때가 많다. 시간이 지날수록 뭔가 애들의 감정을 이해하지 못하는 나를 발견하지만 왠지 모르겠다.

이 책에서 윤재는 감정이 없어서 그런 것일 수 있지만, 곤이가 무슨 짓을 하든 너그럽게 받아줬다. 그리고 곤이는 윤재가 감정을 느낄 수 있도록 많은 행동을 했다. 이처럼 곤이의 관심과 노력으로 윤재가 바뀐걸 보고 본받아야할 점을 발견했다. 어른들도 쉽게 포기하며 단정 짓는 '괴물'이란 표현과 무관심을 친구가 고쳐주었다.

이 책을 읽고 새롭게 알게 된 사실은 사람들의 감정에 관한 생각이다. 사람은 감정을 느끼는데 그 감정의 표현 방식이 모두 다르다. 그래서 그 사람에 대한 감정을 이해하는 것도 다르다. 그러므로 윤재의 감정을 이해하지 못 한 것이다. 다른 사람들은 다르다는 것을 인정하지 않고 혐오의 시선으로 윤재를 바라본 것이었다.

나는 이 책을 흥미롭게 읽다보니 변한 게 있다. 요즘 책을 더 자주 읽게 된다는 것이다. 이 책이 정말 흥미롭고 집중할 수 있게 해주기 때문에 자연스럽게 다른 책들에게 손이 가기 시작했다. 두 번째는 나의 감정이라는 것을 잘 나타내려고 하고 있다. 감정을 간단히 나타내면 사전 같은 느낌이지만 오랜 세월을 걸쳐 인물을 만들고 나날이 자신이 겪는 이야기를 흥미롭고 재있게 만들 수 있다는 것을 이 책을 통해서 알았기 때문이다.

이 책은 내게 깊이 생각할 수 있도록 도와주는 힘이 있다. 이 책이 주는 감명이 그런 작용을 한다. 윤재가 가진 특이한 특징 때문에 곤이나 도라처럼 흔히 볼 수 있는 감정이나 행동을 관찰할 수 있게 되었다. 그래서 윤재가 이러한 반응을 보이는 것을 신기해하면서 계속 생각을 하게 되었다.

만약, 마음상처가 심한 사람이나 사춘기로 곤란한 사람, 사람과의 관계가 복잡한 사람에게 이 책을 권하고 싶다. 왜냐하면 감정이 없어 모두에게 질타를 받으며 살던 윤재의 이야기 속에서 관계, 감정, 아픔, 사랑 등을 발견하기 때문이다. 잘 짜인 인물과 스토리가 있어서 몰입할 수 있기 때문에 자신의 상태를 진단하며 위로받는데 도움이 될 것이다.

내용을 바꿔서 윤재가 그런 질병을 갖지 않게 된다면 어떨까 생각해보았다. 윤재만 그런 질병이 없고 주변 인물들이 모두 그런 특징을 가진다면 윤재는 조금 다른 영향을 받아 다른 스토리가 되지 않을까? 내 생각에는 곤이나 도라를 만날 수 있지만, 자신이 아닌 주변인이므로 윤재가 정반대의 영향을 받을 수 있다고 생각한다. 그래서 윤재가 곤이 같은 성격이 될 수도 있다고 생각한다. 결국 마지막 결말 부분은 같아질 것 같다.

여기에 나오는 친구들에게 짧은 편지를 써보고 싶다. 먼저 윤제에게 쓴다면,

윤재야, 네가 감정을 느끼게 돼서 정말 기쁘고 놀라워. 네가 이제 많은 친구를 만나고 평범한 생활을 하게 되길 바랄게. 나도 너처럼 힘든 일에서 벗어나서 행복해졌으면 좋겠어. 곤이와 도라는 어때? 잘 지내고 있니? 네가 벌써 어른이 된 것이 기뻐. 어려움이 없었으면 좋겠어.

곤이에게

곤이야, 잘 지내니? 네가 윤재와 그런 일을 겪고, 소식을 못 들어서 말이야. 네가 이제 고통 받는 그런 삶 말고, 행복한 삶을 살았으면 좋겠어. 에필로그를 보니 아직 윤재와 잘 지내는 것 같아. 나중에 꼭 얘기해 줘야해!

만약, 책 속의 인물들이 내게 말을 걸어온다면 무슨 말을 할까 생각해보았다. 가상 속 인물이 아닌 독자인 '나'에게 그들은 뭐라고 말해줄까?

"고난이 오면 어쩔 수 없이 겪어야 하는 일이야. 하지만 고난은 노력할수록 이겨낼 수 있어."

라고 말해줄 것 같다. 윤재는 많은 어려움을 겪었고, 또한 새로운 인물들을 만나면서 이겨냈기 때문에 충분히 내게 이런 말을 해줄 수 있을 것 같다.

결국 윤재는 눈물을 흘렸다. 윤재는 노력을 한 것이기에 감정이 생긴 것이다. 그 노력은 실패를 하더라도 이루어낸 희망의 씨앗처럼 보였다. 아몬드처럼 작은 씨앗이지만 분명 싹이 돋아날 것이다.

사람을 사람답게 만드는 것

- 《아몬드》를 읽고

조하선

알렉시티미아, 감정표현불능증. 편도체 크기가 작은 경우 발생하고 감정 중에서도 특히 공포를 잘 느끼지 못하는 정서적 장애.

책의 맨 앞쪽 끄트머리 '일러두기'에 적혀있는 내용이다. 아마 후에 전개될 '윤재'의 이야기를 제일 잘 드러내 주는 문장이 아닐까 싶다. 감정을 표현하지 못하는, 즉 감정을 느낄 수 없는 사람. 현재의 나로서는 그리고 우리로선 그를 반사회성 인격장애를 뜻하는 '사이코패스'와 '로봇'이라고 불러도 무리가 없을 듯하다. 아무리 사람이랍시고 감정을 느끼지 못한다면 이름뿐인 빈 깡통에 그칠 것이다. 실제로도 감정표현불능증을 가진 윤재는 공포를 모르기에 점점 가까워지는 차 앞에서 두 발 꼼짝할 줄 모른다. 이뿐만이 아니다. 슬피 울어대는 어린이 앞에선 멀뚱멀뚱 서 있기만 하다. 감정이 이렇게 중요한 것이구나, 새삼 고마운 마음이 든다. 그런 윤재의 할머니가 내린 결론은 바로 주입식 교육. 윤재는 '친구가 먹을 걸 나눠준다', '고마워, 라고 답한다'식의 데이터를 인위적으로 습득하는 방식으로 대충의 상식적인 대화는 이어갈 수 있게 된다. 사람이라고 부르긴 힘든, 로봇같은 아이다.

책에서 나오는 두 번째 인물은 '곤이'다. 난 가끔씩, 어쩌면 자주 '곤이'를 책 속이 아닌, 우리 반에서 보는 것 같다. 이미 같이 등교하고 같이 생활하고 있었다는 점에서 다른 의미로 친근하게 다가온다. 남의 입장 따윈 알은 채도 하지 않는, '강하다'는 의미에 있어 오개념을 갖고있는 이들 말이다. 이유 없이 선생에게 대들거나 특정 아이를 지속적으로 괴롭히며 사회의 지반을 마음대로 흔들어 놓는. 어느 회사의 주류가 맛있고 맛없고를 논하며 자신들의 불량함을 액세서리 마냥 자랑하고 다니는. 어찌 보면 참 신기한 일이다. 산후조리원에서 미소짓던 천사가 그들이고 유치원에서 함께 노랫소리 따라 부른 친구가 그들이었으며 초등학교에서 수학과 영어 등 인생 최대의 문제 앞에 머리 맞댔던 게 그들이었다. 더 크게, 지금 교도소에 수감 돼 있는 그 누군가도 시작은 사람들의 축복 속이었고 '엄마, 미안해'를 말할 줄 아는 사람이었을 것이란 말이다. 하지만 지금 우리 눈앞에 있는 건 아기와 어린이 같은 순수함이 아닌 도난과 범죄, 거짓과 불신 등의 말이 더 잘 어울리는 인간들이다. 도대체 무엇이 사람을 이렇게까지 변화시킬 수 있는지, 아니면 애초에 우리는 이런 존재였는지, 순자와 맹자가 머리채 잡고 싸울 만도 하다.

문제는 곤이는, 그리고 그런 부류 안에 속한 그들은 감정을 가지고 있음에도 그런 행동을 선택한다는 것이다. 상대의 감정을 공감을 할 수 있고 해야 하는 것을 알면서도 그렇다는 것이다. 이미 그런 쪽에 있어 너무 무덤덤해진 것인지. 어쩌면 윤재보다 더 사람답지 않다는 생각이 들었다.

문득 사람을 '사람'이라고 부르는 경우와 그러지 않는 경우에 대하여 생각하게 됐다. 사람을 사람답게 만드는 것은 무엇일까. 무얼 보고 우린 사람을 '사람'이라고 받아들이는 것일까. 첫째는 이성일 것이다. 그 사람이 생각할 수 있는지. 하지만, 그뿐일까? 윤재는 생각하고 행동할 수 있음에도 불구하고 사람이라는 생각이 잘 들지 않는다. 책 속 내용이 불현듯 머릿속을 스쳤다.

내가 윤재를 '사람'같다고 생각한 부분이 하나 있다. 윤재가 사라진 곤이를 찾으러 떠나고 소설이 절정에 이르는 부분이다. 곤이는 오직 자신의 전적을 근거하여 수학여행 도난사건의 범인으로 몰렸다. 곤이의 아버지는 이미 그 액수까지 학교 측에 물어준 상태이다. 때문에 곤이는 어느날 자신이 소년원에서 만난 불량한 무리로 사라져버린다. 그런 곤이를 윤재는 찾아 나선다. 도난사건의 범인이 네가 아니라고 말 못 해줘서 '미안하다고', 널 믿어주지 못해 '미안하다고', 사과하기 위해.

난 그 대목에서 사랑을 봤다. 감정도 봤다. 윤재가 곤이를 진심으로 걱정하고, 사랑하고 있다는 것을 느꼈다. 비록 그것이 철자로 된 문장으로 써지진 않았지만, 난 느꼈다. 한 인간으로서, 감정을 가진 인간으로서. 윤재가 곤이를 '사랑'했을 때, 윤재는 진정 '사람'이 되었다.

언젠가 윤재는 이런 말은 한 적 있다. '곤이는 좋은 애예요.' 차마 이유는 말하지 못했지만, 확신만큼은 가득 찬 말이었다. 난 미처 윤재가 말하지 못했던 그 이유가 바로 '사랑'이라고 생각한다. 곤이가 무언가를 사랑하는 것을 보았기 때문. 예전, 윤재에게 직접 감정을 가르쳐주기 위해 나비의 날개를 찢었지만, 고통을 느낀 건 정작 자신이었던 곤이를 떠올린 게 아닌가 싶다. 나비의 감정을 함께 느꼈기에, 나비를 사랑했기에 나올 수 있었던 행동이다. 곤이가 사람이 되었던 순간 말이다.

이 책은 조금 신기한 책이다. 그 어떠한 감정이 들어간 문장이 없음에도 불구하고, 윤재의 독백에선 눈가가 절로 촉촉

해진다. 감정을 소유하고 있지 않은 아이에게 감정을 배웠다니, 이상한 일이다.

다시 돌아와서. 곤이는 처음엔 불량한 아이로 등장했지만, 시간이 흐를수록 호전되는 캐릭터이다. 결국엔 윤재와 함께 사람을 사랑할 수 있는 '사람'으로 거듭난다.

세상엔 다양한 사람들이 있다. 남을 사랑하고 존중하는 이가 있는 반면, 예전의 곤이와 같이 남의 감정을 무시하고 짓밟는 이도 있기 마련이다. 여기서 단지 중요한 점은, 우리가 정말 사람이 되고 싶거든, 사랑을 해야 한다는 것이다. 그 누구든, 잘생겼든 못생겼든, 키가 크든 작든, 피부가 하얗든 거멓든, 조건 없이, 차별 없이 말이다. '학교폭력 가해자'란 타이틀로 뉴스에 출연하는 이들, 그리고 그밖에도 남에게 크고 작은 상처를 주는 이들까지 이 사실을 알아줬으면 좋겠다. 너가 남을 사랑하지 않는다면 너 역시 사랑받을 수 없을뿐더러 사람으로서 존중받을 수 없다고. 고조선에선 쑥과 마늘을 먹어서 인간이 될 수 있었다면, 현대 사회에선 '사랑'을 하는 것이 인간이 되는 방법이라, 생각한다. 그런 의미에서, 내가 오늘 하루 사람이었는지 생각해봐야겠다.

우리 모두의 이야기, 아몬드

- 《아몬드》를 읽고

장선효

　무표정한 얼굴을 한 사람이 정면을 응시하고 있다. 아무 감정도 담겨있지 않은 듯한, 공허한 눈빛으로. 책의 제목인 '아몬드'와 이 표지가 어떤 관련이 있는지 도무지 짐작이 가지 않는다. 그뿐만 아니라 생소하고 낯설기까지 하다. 이제까지 내가 봐왔던 표지에 등장하는 사람은 대개 웃거나, 울거나, 분노하거나, 뭔가 감정이 드러나는 표정을 짓고 있었다. 이런 완벽한 무표정을 한 사람을, 게다가 꽉 차게 그려놓은 경우는 본적이 없었다. 대체 무슨 내용이길래 표지부터 낯선 건가, 하는 의문까지 들었다. 나의 아몬드는 이렇게 신선한 충격과 함께 시작되었다.

　'아몬드'는 감정을 담당하는 뇌의 한 부분, 편도체가 선천적으로 작게 태어난 윤재의 이야기다. 윤재는 다른 사람의 감정을 느끼지 못하고, 공감하지 못한다. 한 마디로 로봇 같다는 말이 어울리는 사람이다. 처음 보고 신선한 충격을 받게 했던 '아몬드'의 표지 역시 이런 윤재의 모습을 표현한 것이다.

'아몬드'는 우리에게 많은 것을 깨닫게 한다. 사실 처음에는 감정을 느끼지 못하는 아이의 이야기에 대체 무엇이 담겨 있을까, 하는 의심이 들었다. 그런데 막상 책을 읽어보니 어느새 책에 푹 빠져 있는 나를 볼 수 있었다. 나는 우정, 사랑, 공감과 같은 소중한 가치들을 아몬드를 읽고 새롭게 바라보게 되었다. 감정을 느끼지 못하는 윤재가 보는 세상을 함께하며, 스쳐 지나갔던 순간들을 다시 생각해 볼 수 있었다. 중요하지만 중요하지 않게 여겼던 순간들을 말이다.

새로운 고등학교에 입학한 윤재는 모종의 이유로 '곤이'라는 아이와 얽히게 된다. 곤이는 어릴 적 미아가 되고, 그 후 여기저기를 방황하며 살아온 아이다. 그 과정에서 곤이는 흔히 말하는 '문제아'가 된다. 아이들도, 선생님도, 심지어 곤이의 아버지인 '윤 교수'도 곤이를 외면하고 골칫덩이로 취급한다. '문제아' 곤이의 말은 누구도 들어보려 하지 않는다. 곤이가 어떤 삶을 살아왔고 왜 이렇게 되었는지 아무도 이해하려 하지 않았다. 문제가 생기면 무조건 곤이의 탓이라는 생각을 바탕으로 깔고 갔다. 나는 이 부분을 읽고 안타깝고 속상한 기분이 들었다. 책에서 곤이는 사실 나쁜 아이가 아니다. 곤이의 행동

자체만 보면 나쁘겠지만, 곤이의 마음 깊숙이를 들여다보면 또 그렇지 않다. 사실 곤이는 누구보다 타인의 감성을 예민하게 느끼는 아이다. 그런데도 곤이가 일부러 더 엇나가려 한 이유는, 어떻게 해도 바뀌지 않는 사람들의 생각 때문이라고 생각한다. 얘기를 들어주는 사람이 없으면, 속 시원하게 내 마음이 이렇다고 털어놓을 곳이 없으면 사람은 방향을 바꾼다. 나쁜 집단에서라도 인정받으려 한다. 겉보기의 강함으로 관심을 끌고 싶어 하고, 어디에서라도 감정을 표출하고 싶어 한다. 곤이도 마찬가지였고 처음부터 문제아가 아니었다. 마음 깊이에 아픈 사연이 있고, 누군가 그 이야기를 진지하게 들어줬다면, 자유롭게 말할 수 있도록 했다면 그렇게 되지 않았을 것이다. 곤이는 사실 늘 외치고 있었다. 나 좀 도와달라고, 내 얘기 좀 들어달라고. 이처럼 곤이라는 인물을 이해하면서, 내가 누군가를 쉽게 재단하진 않았을지, 사람이 변할 수 있다는 걸 잊어버린 건 아닐지 반성하게 되었다.

윤재는 곤이의 이야기를 유일하게 들어주는 사람이다. 감정을 느끼지 않아서 오히려 곤이의 존재를 그대로 바라볼 수 있었다. 또렷하고 깊게, 어떠한 편견도 갖지 않은 채로. 곤이와 윤재 사이에 몇 차례의 갈등이 있었음에도 둘은 결국 끈끈한 우정을 맺는다. 가장 강렬한 아이와 가장 무미건조한 아이

사이의 우정이 미묘하면서도 아름답게 느껴졌다.

또, 윤재가 말한 언어의 한계가 인상 깊었다. 언어로는 감정이 빠진 사실을 전달할 수 있을 뿐이다. 들여다보지 않은 사람에게, 그러려는 노력조차 하지 않는 이에게 내가 '들여다본 것'을 언어로 설명하는 데는 한계가 있다는 게 마음에 와닿았다.

아몬드에서 다시 바라보게 된 가치 중 하나는 사랑이다. 윤재는 엄마와 할머니로부터 사랑받았다. 할머니는 윤재에게 '예쁜 괴물'이라는 별명까지 붙였다. 윤재로부터 예쁨을 발견하는 할머니와 엄마의 사랑은 정말 포근하고 아름답다. 사랑이라는 건 인간을 구렁텅이에서 꺼내 주는 것 같다. 사랑받지 못한 곤이는 엇나가고, 사랑받은 윤재는 감정을 느끼지 못한다는 악조건에서도 잘 자란 걸 보면 사랑은 꼭 필요한 게 아닐까. 나는 가족이 내게 준 사랑이 생각났다. 부모님은 나에게 넘치는 사랑을 주셨다. 내가 단지 '나'라는 이유만으로 잘못한 것을 알려주며 자라게 해주셨고, 이후에는 내가 스스로 성장할 수 있도록 길을 터 주셨으며, 내 얘기를 존중하고 들어주셨다. 더 나중에는 누군가를 위로하고 사랑하는 방법을 알려주셨다. 이런 사랑은 나를 움직이게 만들었다. 내가 받은 사랑을 보답하고 싶다고 생각하게 만들었고, 힘든 일이 있을 때도 이겨냘 수 있는 원동력이 되었다. 아몬드를 읽으며, 나는 아무 때나 사용하던 '사랑'이라는 말의 소중함을 느낄 수 있었다.

그다음으로, 나는 감정을 느낀다는 것에 대해 생각하게 되었다.

소설의 시작에서부터 비극이 일어난다. 한 남자의 살인으로 윤재는 할머니와 엄마를 잃게 된다. 할머니는 죽고, 엄마는 혼수상태에 빠진다. 그리고 그때, 사람들은 '두렵다'는 이유로 그저 바라만 보고 있었다. 이 비극적인 사건은 영원히 꺼지지 않을 불꽃처럼 사람들의 입방아에 오르내리다, 겨우 열흘 만에 기억 속에서 지워진다. 이 부분을 읽고 많은 생각이 들었다. 우리는 공감하며 산다. 다른 사람의 기쁨과 슬픔을 파악하고, 함께 느낀다. 그런데 어떤 상황에서 우리는 '공감한다'면서 그 감정을 함께 느꼈을 때 해야 할 행동을 하지 않는다. 실제로 이런 일은 주변에서도 비일비재하게 일어난다.

얼마 전 내 친구는 누가 봐도 화가 들끓을, 갑질에 관한 뉴스를 봤다고 했다. 친구 역시 그 기사를 보고 나에게도 '분노'라는 감정이 전달될 정도로 길길이 날뛰었다. 내가 물었다. 그래서 그 기사를 보고, 네 위치에서 할 수 있는 일에 뭐가 있는지 생각해 봤냐고. 친구는 그 즉시 말이 없어졌다. 딱히 생각해 본 건 없다고 말하며 말끝을 흐렸다. 그리고 나는 그때부터 친구가 보인 찰나의 감정이 하루만 지나도 흐려질 것이고, 공감이 더 이상 의미가 없어질 거란 걸 실감했다.

사실 친구뿐만 아니라 나도 그랬다. 사실 대부분의 사람들이 잠깐 감정에 휩싸일 뿐, 그 이상은 생각하지 않을 것이다. 나는 우리가 정말 '공감'하고 있는지 되돌아보게 되었다. 감정을 합리화의 도구로 사용하며 그 상황에서는 누구나 그랬을 거라고 스스로를 위로하고, 안타까움보다 두려움이 앞선 건 아닐지, 느껴도 행동하지 않은 건 아닐지, 너무 쉽게 잊은 건 아닐지. 과연 그게 진정한 분노이고 슬픔일지, 행동하지 않는 감정이 진짜일지.

세상에 가짜 감정은 넘쳐난다. 내 감정이 더 이상 내 것이 아니게 된 순간은 많이 보인다. 웃고 싶지 않아도 웃고, 분노하지 않고 싶어도 분노한다. 분위기에 휩쓸려 누군가에게 상처주는 말을 하고, 아픔을 쉽게 재단하며 그러고선 또다시 웃는다.

윤재는 결말에 다다를 때, 이런 감정들은 진짜가 아니라고 말한다. 문득 감정을 느끼지 못하는 윤재가 더 인간적이라는 생각이 들었다. 모순적이지만 그랬다. 윤재가 두려움이라는 감정을 느끼지 못해서 그렇다고 말할 수도 있겠지만, 그래서 쉽게 잊으려 하지 않았다. 적어도 눈을 가리고 못 본 척하지 않았다. 감정을 느끼지 못하는 윤재가 오히려 세상을 솔직하고 담백하게 받아들이는 것 같다.

때로는 감정을 느끼지 않았으면 좋겠다는 생각도 든다. 너무 고통스럽고, 아파서, 아예 '느끼지 않았으면 좋겠다'고 생각하는 순간이 온다. 하지만 모두가 알고 있듯 감정은 소중하다. 우리는 감정으로 세상을 이해하고, 자신의 길을 만들어가며, 치유하고 치유된다. 이렇게 소중한 감정을 느끼는 나는 진정한 공감을 위해 노력해야겠다는 생각이 들었다. 주변에 관심을 가지는 것에서 끝나는 게 아니라, 행동하고 함께 울어주고, 기뻐하며 더 성장하겠다고 다짐했다.

책의 초반부에서, 윤재의 엄마는 편도체에 좋다는 얘기를 듣고 윤재에게 아몬드를 먹인다. 나는 윤재가 감정을 느낄 수 있게 해준 모두가 윤재의 아몬드라고 생각한다. 엄마와 할머니는 윤재가 '감정을 느끼고 싶다'는 욕구를 갖게 해주었고, 곤이는 윤재에게 사람과의 관계에 대해 생각해보는 계기를 마련해 주었다. 도라는 삶과 희망을 알려주었으며, 심박사는 윤재를 지지하고 아끼며 윤재의 고민을 들어주었다. 이 모두의 생각과 감정이 모여 다채로운 색을 가진 세상을 볼 수 있는 윤재를 만들었다.

결국 소설의 끝에 다다라서 윤재는 감정을 느끼게 된다. 앞으로 감정을 느끼게 된 윤재에게, 세상이 어떻게 다가올지는 누구도 알 수 없다. 하지만 윤재가 어떻게 살아갈지는 알 수 있다. 감정을 느끼기까지의 과정에서 윤재는 한 단계 자라났다. 앞으로도 윤재는 성장할 것이다. 모두와 감정을 나누고, 힘든 일이 있더라도 공감하고 서로를 돌보면서 자라날 것이다. 딱 윤재가 느낄 수 있는 그 만큼을, 윤재는 받아들일 것이다. 그리고 그 모든 감정들은, 성장의 조각이 되어 줄 것이다.

어쩌면 아몬드는 우리 모두의 이야기일지도 모른다. 감정을 느끼고, 공감하고, 사랑하고, 때로는 좌절하기도 하지만 성장하는 우리의 이야기. 이런 이야기를 나는 가슴에 품고 한 걸음 더 앞으로 나아갈 것이다.

습관적인 무례함

- 《왜요, 그 말이 어때서요?》를 읽고

장선효

　《왜요, 그 말이 어때서요?》는 독특한 제목에 이끌려 읽게 된 책이다. 질문으로 되어 있는 제목이 흔치 않기도 하고, 우리가 흔히 사용하는 말에 무슨 문제라도 있는 걸까, 하는 호기심이 들어 내용이 궁금해진 책이다. 제목을 보고 예상한 대로 이 책에는 우리가 평소 지각없이 사용하는 말들에 대한 비판과 고찰이 담겨 있다. 이 책은 네 개의 챕터로 나누어져 있는데, 각 챕터에 담긴 여러 차별의 언어를 흥미를 불러일으키는 만화로 시작해 설명해준다. 차별의 언어를 동그라미로 표시하여 그 안에 들어갈 말이 무엇인지 유추하는 재미도 있다. 나는 이 책을 읽으며 남들이 아무렇지 않게 쓰기에 그저 함께 말했던 단어들에 차별과 편견이 담겨있다는 것을 새롭게 알게 되었다.

이 책을 읽으며 자꾸만 놀라곤 했다. 나는 내가 남들과는 달리 하나의 말을 내뱉을 때도 깊이 고민한다고 생각했다. 또래 아이들처럼 욕설을 쓰지도 않으며, 남을 비하하는 저열한 용어를 사용하지도 않는다고 굳게 믿어왔던 것이다. 그런데 책을 읽다 보니, 어느새 이런 확신은 무참히 산산조각 나 있었다. 찬찬히 소개 되는 용어 하나하나가 내가 써봤던 말들이라 경악했다. 장애인을 비하하는 말에서 비롯된 벙어리장갑, 결정장애, 절름발이와 가족 구성원의 유무에 대한 차별이 담겨 있는 결손 가정처럼 나는 누군가를 해하는 말을 습관적으로 쓰고 있었다. 나도 모르는 사이에 그릇된 생각에 찬동하고 있었다. 특히나 '결정장애'라는 말은 불과 어제까지도 친구들과 깔깔거리며 썼던 말이라 마음이 무거웠다. 무의식적으로 차별의 언어를 자꾸만 쓰고 있구나, 하는 생각이 들어 내가 평소 어떤 말들을 써왔는지 되돌아보게 되었다.

이 책을 다 읽고 나서는 일상 속 차별의 말을 근절하기 위해서는 어떻게 하면 될까, 하고 깊게 생각해 볼 수 있었다. 우선 내 위치에서 할 수 있는 일 중 가장 먼저 떠오른 것은 주변 친구들에게 이런 말들의 폐해를 알려주는 것이다. 잘못된 용어들을 악의적인 의도로 사용하는 아이들보다 나처럼 몰라서 쉽사리 사용하는 친구들이 많을 것이다. 그렇기에 주변에서 차별의 언어가 들려온다면 잘못됨을 차근차근 설명해 줄 것이다. 또한 인터넷에서도 편견이 가득 담긴 언어가 돌아다니는 것을 본다면, 이런 댓글 문화가 이치에 어긋난다는 것을 알려 줄 것이다.

첫 번째 챕터에서 소개된 말들 중, 틀딱이라는 단어가 있었다. '틀딱'은 노인들을 비하하는 말인데, 나는 이 단어를 보고 이러한 단어가 생기는 근본적인 원인이 무엇인지에 대해 생각해보았다. 가장 무서운 것은 일반화다. 내가 누군가에게 피해를 입었다는 것은, 그 사람이 속해 있는 특정 집단의 모두가 남에게 피해를 준다는 의미는 아니다. 집단의 한 구성원이 잘못된 행동을 했다는 것이지, 모두가 그렇다는 것은 아니라는 얘기다. 틀딱과 같은 노인 비하 용어도 마찬가지다. 이는 본문에서도 짚고 넘어가는 것인데, 모든 노인이 시대착오적인 생각을 갖고 있고, 개념이 없다는 것은 지독한 일반화다. 모든 노인이 그런 건 아니다. 항상 교양 없는 사람들 몇몇이 존재할 뿐이다. 일반화는 사람들을 한 틀 안에 묶어 보게 한다. 음, 저 사람은 저 집단에 속했으니까 반드시 멍청하고 이기적일 거야, 하는 식이다. 한 명을 향한 혐오가 모두를 혐오하게 만든다면 슬플 것 같다. 나는 이런 용어가 생기는 근본적인 원인 중 하나가 일반화라고 생각한다. 이 책을 읽으며 일반화와 혐오 표현의 관계에 대해서도 생각해 볼 수 있어 좋았다.

혐오는 차별을 낳았고, 차별은 배척을 낳았다. 나는 내가 살아가고 있는 이 세상이 증오로 얼룩지기를 원하지 않는다. 이 책의 들어가는 말에 이런 문장이 있다. 혹자는 이런 것까지 하나하나 신경 쓰면 머리 아파서 어떻게 사냐고 말한다고. 하지만 조금만 예민해지고, 조금만 머리 아프게 사는 것은 나쁘지 않을 것이다. 내가 무심코 말했던 차별의 용어가 누군가에게 상처를 입히는 것보다는 조금 머리 아프게 살고, 조금 복잡하게 사는 게 더 나을지도 모른다. 내가 남에게 준 상처는 결국 나에게 되돌아온다. 내가 노인이 된다면 결국 내가 그렇게 썼던 틀딱이라는 말 안에 나라는 사람이 포함될 것이다. 말 하나하나에 예민해지다보면, 더 살기 좋은 세상이 될 거라 나는 믿는다.

나 같은 사람에게 이 책을 추천하고 싶다. 일상 속 숨어 있는 말들의 저의를 몰랐던 사람들이 이 책을 읽고 왜요, 이 말이 어때서요? 라고 말하는 다른 이들에게 잘못됨을 알려줄 수 있길 바란다. 한 사람 한 사람이 잘못됨을 인지하고 트인 눈으로 세상을 바라본다면, 결국 모두가 모여 차별 없는 세상을 구축할 수 있을 것이다. 이 책을 읽고 많은 것을 느낀 나 역시 그 모두 중 한 사람이 되고 싶다.

이 책을 부모님께 보여주지 마세요

-《갑자기 악어 아빠》를 읽고

이유수

만약 우리 아빠가 악어로 변했다면 어땠을까요? 좋은 점도 물론 있겠지만 나쁜 점도 있을 거예요. 예를 들면, 내가 아빠의 배 위에서 잠을 자면 폭신한 침대 같거든요 아빠가 코를 골면 나쁘지만요. 우리 아빠가 악어가 된다면 딱딱한 침대에 눕게 되겠지요.

만약에 내 동생 유진이가 개코 원숭이로 변한다면요? 아주 좋겠어요. 동생의 모습을 닮아서 개코 원숭이도 미남이었을 거예요. 그리고 우리 집 뿐만 아니라 전국의 바나나가 사라졌을 거예요. 하지만 나는 지금의 동생이 제일 좋아요.

이 책에 나오는 잔소리 대왕 아빠가 악어로 변해버렸어요. 아이들은 아빠를 구하려고 애쓰는데 아빠는 하품을 할 때마다 커져버렸어요. 지금도 아빠가 하품을 한 번 더 하면 터질 것 같아요. 다행히 책의 끝부분에서 아빠는 원래의 모습으로 돌아왔어요. 다시 잔소리 대왕 아빠가 되셨을 거지만요.

저는 이 책을 어린이들에게 추천하고 싶어요. 왜냐하면 부모님들은 읽으면 안 될 것 같아서요. 혹시 읽으시다가

"뭐, 이렇게 해달라고? 들어가서 공부나 해!"

라는 말을 하실 것 같아서 아이들에게만 추천할게요. 그러니 주의 사항이 있어요. 이 책은 절대 부모님에게 보여주지 마세요. 읽으신 부모님께서는 화를 땅부터 우주까지 낼지도 모르니까요. 부모님께서 읽으시고 화를 내지 않는 행운도 올 수 있지만 아이들에게 불행과 악몽이 찾아올게 훨씬 많답니다.

완벽에 가까운 노력

- 《완벽한 사람은 없어》를 읽고

이유수

샐리는 원래 완벽한 아이가 됐으면 해요. 그렇지만 샐리는 자신이 원하는 대로 되지 않으면 아예 하지 않는 것이 샐리에겐 흔한 일이었죠. 샐리는 반에서 가장 우수한 학생이라는 것에 늘 자부심을 느꼈어요. 학교에서 받은 상이 많았거든요. 샐리는 꼭 모든 걸 완벽하게 하고 싶었어요. 그리고 어떨 땐 음악에 소질이 있는 샐리가 피아노를 그만둘 뻔했어요. 다행히 프랫 선생님의 설득으로 마음이 바뀌었어요. 지금은 '실수해도 괜찮아!'하는 마음으로 살고 있답니다.

나도 샐리처럼 완벽해 보이고 싶을 때가 있답니다. 친구들이랑 경쟁하는데 친구들이 잘난 척할 때, 피아노 콩쿠르 때, 숙제로 낸 과제가 있을 때, 처음 새로운 곳에 갔을 때, 피구 경기를 할 때 등이 있어요. 이런 일들 속에서 잘되지 않으면 마음속에 있던 화가 폭발해 버리죠. 그래서 나도 모르게 친구나

가족에게 화풀이를 해버립니다. 괜히 화풀이를 했다고 후회가 되지요. 그래서 다시 말을 걸면 모두 삐쳐있습니다. 그때 친구와 멀어진 느낌이 들어 속상하기도 하고 오히려 '내가 왜 그랬을까?'하는 생각도 들지요.

이 책은 내게 말을 걸어줍니다. 이렇게요.

"꼭 완벽하지 않아도 됩니다. 실수로 인생이 바뀌기도 하니까요. 그리고 처음부터 완벽한 사람은 없습니다. 실수하고 넘어지는 경험도 때로는 도움이 됩니다. 꼭 완벽하지 않아도 됩니다."

나는 나로서 소중하다고 말해주는 이 책이 좋습니다.

나는 샐리를 응원합니다. 사실 나도 1학년 때 공부를 완벽히 해서 100점을 받고 싶었지만 성적이 더 떨어져서 속상했던 적이 있어요. 그러므로 나는 샐리를 이해합니다. 샐리야, 힘내!

샐리가 축구팀에 들어가 뛰는 모습을 볼 때 감동을 받았어요. 그래서 이 책을 모두가 읽었으면 합니다. 특히 완벽해지려고 노력하는 사람들에게 더욱더 추천합니다. 나의 동생은 샐리와 무척 닮았어요. 그래서 이 책을 동생에게 보여주려고 합니다.

나는 잘 삐칩니다. 그래서 완벽하지 않아요. 맨날 삐치거나 화를 내고는 마음의 문을 닫아버립니다. 왜 그럴까? 나도 내 마음을 이해하지 못합니다. 심지어 친구들한테도 화를 낼 때가 있어요. 항상 말싸움에서 이길 자신이 없어서 '나는 왜 이러는 걸까?' 하고 생각에 잠깁니다. 이런 생각을 꼭 극복하고 싶어요.

나는 샐리의 기분을 이해해요. 샐리가 피아노 콩쿠르에서 우승을 하고 싶었지만, 두 번째 곡에서 실수를 하고 말지요. 꼭 잘해서 상을 받고 싶었는데 말이죠. 나는 이런 기분을 이해해요. 실수한 마음이 너무나 공감이 돼요.

샐리가 한 말 중에 이런 말이 오래 남아요.

"완벽한 강아지라고요? 그런 건 없어요! 강아지는 그 자체로 충분하다고요!"

이처럼 사람은 그 자체로 충분해요. 모두가 노력을 한다면 완벽하지 않아도 원하는 걸 이룰 수 있을 거예요.

나는 포기하지 않겠어요. 매번 꿈꾸면서 노력하면 모든 것이 이루어질 거니까요. 다시 한번 힘을 모아 꿈꾸는 대로 노력하려고 해요, 이 책이 내게 이렇게 응원하니까요.

"완벽한 사람은 없어, 완벽에 가깝게 노력하는 사람들만 있을 뿐이란다."

숨겨진 꿈을 찾아서

-《나의 프리다》를 읽고

이재인

　이 책의 내용에 나오는 여섯 살인 여자아이는 소아마비에 걸려 아홉 달 동안 누워서 지냈다. 병이 나은 후에도 다리를 절며 천천히 걸어야했다. 그런 이유로 아이들이 '의족'이라고 비웃고 놀렸다. 그 아이는 남과 다르다는 이유로 외톨이가 되었다. 세 자매였는데도 매일 혼자 놀았다.

　그 아이는 자면서 종종 날아다니는 꿈을 꾸었다. 일곱 살 생일 날 부모님께 장난감 비행기를 사달라고 했지만 선물은 날개였다. 실망한 마음을 감추려고 방에 들어간 후 창문에 입김을 불었다. 입김에 그려 넣은 사각형은 문이 되었다. 문을 열고 나가 뛰어다니다가 어떤 곳으로 들어가게 되었다. 그 안에는 여자아이가 서 있었다. 그 아이는 말없이 우아하게 춤을 췄고, 다른 여자아이는 이야기를 했다. 서로 모르는 사이인데도 잘 아는 느낌이 들었다. 둘은 금방 단짝이 되었다. 친구가 없던 아이로서는 정말 행복했다. 서로 손을 흔들며 헤어졌다. 집으로 돌아온 그 아이는 정원 구석에 앉아 친구를 떠올리며 그림을 그리기 시작했다.

이 책에 나오는 프리다는 자신의 모습을 그리는 화가로 유명하다. 프리다의 어린 시절을 동화로 만든 내용이라 생각한다. 아마 그 아이는 자기 자신을 친구로 받아들이고 그리기 시작한 것일 것이다. 누군가가 프리다의 진정한 친구가 되어 주었다면 어떻게 변했을까? 그림 속의 인물들은 프리다 말고도 다양한 친구들이 되지 않았을까 생각해본다.

장애를 가진 친구와 함께 어울리는 학교생활이 되려면 먼저 다르다고 놀리거나 비웃으면 안된다. 왜냐하면 비웃거나 놀리면 그 친구가 기분이 상하거나 속상해서 잘 어울리지 못하게 된다. 장애가 있다고 해서 틀린 것은 아니기 때문이다.

장애인과 소통을 하려면 우선 내가 먼저 무거운 물건, 가방을 들어줄 수 있다. 휠체어를 끌어줄 수도 있다. 그리고 앞을 못 보면 길을 알려줄 수도 있다. 장애를 가진 친구도 장점이 있다. 다리를 못 쓰면 손을 쓰며 글을 잘 쓸 수도 있고, 그림도 잘 그릴 수 있다. 그리고 공부를 잘 할 수도 있다. 장애인이여서 모든 것을 못 하는 것은 아니다. 장애인도 잘 보면 잘하는 것들이 많이 있을 수 있다. 꼭 피부 색, 생김새나 장애가 있다고 틀린 것은 아니다.

우리 반 강타는 청각 장애인이다. 그리고 강타는 입 모양으로 말을 알아듣는데, 요즘은 마스크를 써서 입 모양이 잘 안 보인다. 친구들이 마스크에 입 모양 쪽을 잘라 투명한 비닐을 붙였다. 강타가 입 모양을 잘 볼 수 있도록 해준 것이다. 강타를 도와준 친구들처럼 다른 사람들도 장애인에게 많은 도움을 줄 수 있다.

반대로 장애인을 비난하거나 놀리는 사람들이 훨씬 많을 것이다. 장애인이 된 것은 그들의 잘못이 아니다. 그런데도 놀리거나 괴롭히는 행동은 잘못된 것이다. 나는 그런 사람이 되지 않을 것이다. 괴롭히지 않는다면 장애인들은 행복해질 것이다. 나는 장애인들을 열심히 도와줄 것이다.

프리다라는 화가는 나을 수 없는 장애가 있는데도 포기하지 않고 그림을 그렸다. 나 같으면 그림을 그리는 것을 포기했을지 모른다. 아무리 좋아하는 것이라고 해도 아프거나 절망에 빠지면 포기하고 싶어진다. 그런데도 포기하지 않고 계속 그림을 그린 프리다 화가는 정말 대단하다. 일반인인 나도 프리다 화가처럼은 하지 못 했을 것이다.

프리다 화가의 장점은 장애인 중에서도 정말 많은 것 같다. 어쩌면 일반인이 장애인에게 본받을 점이 더 많을 수도 있을 것 같다. 이렇게 장애를 가졌으면서도 현실을 극복하고 꿈에 도전한 장애인들의 이야기들을 찾아낸 책들이 많아졌으면 좋겠다.

즐거운 라바

- 《갑자기 악어 아빠》를 읽고

이은서

아빠가 나의 볼에 뽀뽀를 할 때면 조금 기분이 나쁘다. 수염이 나의 볼에 닿으면 따갑기 때문이다. 하지만 아빠와 편의점에 가서 아이스크림을 살 때는 즐겁다. 저녁밥을 먹고 나서 동생과 아빠랑 손을 잡고 아이스크림을 사러 갈 때 제일 행복하다.

엄마는 매일 동생만 좋아하는 것 같아서 속상하지만, 착하고 예쁘니까 좋다. 엄마는 아빠가 출장을 갈 때면 나와 동생을 잘 돌봐주신다. 이모들과 펜션에 가서 놀 때 불꽃놀이도 하고 수영도 해서 즐거웠다.

남동생은 재밌게 놀다가도 갑자기 내 머리 끄덩이를 잡아당겨서 싸움이 난다. 동생에게 매일 양보를 해야 해서 힘들기도 하다.

이 책에 나오는 아빠는 주인공이 가장 좋아하는 인형인 악어로 변해버렸다. 다른 애들의 부모들도 애착인형과 닮은 동물로 변해버린다.

내가 좋아하는 인형이 아빠나 엄마로 변해버린다면 생각만 해도 끔찍하다. 내가 좋아하는 인형은 바로 라바이기 때문이다. 그래도 만약 아빠, 엄마가 라바로 변한다면 나는 지렁이 사료를 줘야만 한다. 라바는 바로 곤충이다. 애벌레, 달팽이들이다. 엄마는 핑크색 라바가 될 것 같다. 라바 중에 제일 예쁘고 사랑스럽다. 아빠는 음식을 많이 먹으니까 노란색 라바가 될 것 같다. 동생은 레드가 될 것이다.

라바보다는 뽀뽀하는 아빠가 나으니까 다시 돌려보내달라고 소원을 빌 것이다. 엄마는 원래부터 좋으니까 라바로 변하지 않을 것 같다. 동생은 쓰읍!

즐거운 라바 가족도 좋지만 나는 원래 우리 가족이 더 좋다. 그러니 라바로 변하지 말고 사람으로 오래오래 함께 살고 싶다.

참을 수 없는 존재의 가벼움

- 《죽이고 싶은 아이》를 읽고

고연아

어느 날 저녁, 학교 뒤 공터에서 학생이 시체로 발견되었다. 이 일은 눈 깜짝할 사이에 퍼졌고, 증인들은 지주연 학생이 서은을 돌로 때렸다고 주장했다. 지주연은 기억하지 못 했지만 사건은 범인을 지주연으로 몰아갔다. 결말 부분에선 지주연이 아닌 다른 사람의 가방에 실수로 부딪힌 돌이 떨어지면서 서은의 머리에 맞았던 것이었다.

내가 이 책을 읽게 된 계기는 추리소설이나 범죄, 혹은 재판이 나오는 소설들을 좋아하기 때문이다. 책의 제목 또한 《죽이고 싶은 아이》여서 당장 책을 읽어보고 싶은 충동이 들었다.

만약 지주연이 진범이었다면 지주연은 기억나지 않는다고 했던 것이 거짓말이 되어버린다. 그뿐만이 아니라 재판을 통해서 징역형이 선고되어 감옥에 갇히게 될 것이다. 서은의 어

머니는 지주연과 면회로 소통하며 못 했던 이야기를 나눌 것
이며 지주연은 감옥에 있는 동안 반성을 하며 지내게 될 것 같
다. 출소해서 다시 자신의 일상으로 돌아간다면 서은에게 평
생 미안하게 생각하며 서은의 몫까지 열심히 살아갈 것 같다.

이 책에서 인상적인 부분은 지주연이 변호사를 만날수록
정신상태가 이상해지는 부분이었다. 내가 생각했던건 지주연
이 생각이나 기억을 있는 그대로 변호사에게 말할 줄 알았다.
그런데 주변의 증인들이 지주연의 기억에도 없는 일을 지주연
이 저지른 잘못이라고 하니까 정말 자신이 그랬나 보구나 하
며 믿어버리는 장면은 너무 놀랐다. 아무것도 모르는 변호사
에게 거짓을 사실처럼 말하는 장면은 처음 봐서인지 신기하기
도 했고 실제로는 무서울 것 같다는 생각 때문인지 꽤 인상적
이었다.

책을 읽으면서 나는 계속 지주연에게 정신을 차리라고 말
을 걸었다. 지주연이 정신을 차리고 자신이 그런 짓을 한 게
아니라 다른 사람이 한 짓이라고 분명히 말하라고 응원을 했
다. 결말 부분에서 지주연이 진범이 아니라는 게 들어나자 속
이 후련했지만 안타까웠다. 이 책은 스릴도 있고 재미도 있지
만 여러 가지 감정들을 느낄 수 있는 책이었다.

나에게도 이런 유사한 일이 있었다. 6학년 때의 일이다. 함

께 다니던 애들 중에도 특히나 마음이 가는 친구가 있었는데 무리 중의 한 친구를 뒷담화한 것이다. 그걸 친구가 보여줬지만 '친구로 지내면서 그 정도 가지고 뭘' 이라며 대수롭지 않게 여겼다. 하지만 시간이 지나면 지날수록 무리 전체를 뒷담화 한 것이 전부 들통이 났다. 결국, 친구는 무리 전체를 뒷담화하고 다닌 셈이었다. 친구의 뒷담화가 들통이 날수록 신뢰도는 급격히 떨어졌고, 나는 그 친구를 죽이고 싶을 정도로 미워하게 되었다. '저런 친구를 내 곁에 두는 건 옳지 않다.' 라고 생각한 무리의 친구들은 모두 그 친구와 손절하고 말았다. 이 책을 읽으면서 6학년 때의 일이 떠올라 공감되는 부분이 많았다.

책을 다 읽고 주연이가 범인이 아니라서, 모두가 범인이 아니고 실수에 의한 것이어서 다행이라고 생각했다. 하지만 한편으로는 내가 저런 상황에 처했다면 어떻게 할까하는 궁금증도 생겼다. 내가 지주연이라면 억울하고 존재감 떨어지는 기분이 들 것 같다. 왜냐하면 나는 그런 적이 없는데 사람들이 아무런 증거도 없이 나를 범인으로 지목하기 때문이다. 아무리 '아니라고' 목청이 터져라 외쳐도 믿어주지 않는다면, 귀 한 번 기울여주지 않는다면, 내 자신이 너무 싫을 것 같다. 내가 이것 밖에 안되는 건가, 지금 내 존재가 이렇구나 생각하며 정

기댈 수 있는 기둥이 필요해

- 《죽이고 싶은 아이》를 읽고

문혁훈

책 표지에는 두 명의 소녀가 서 있다. 오른쪽 소녀가 무표정한 모습으로 왼쪽 소녀를 바라보고 있다. 서로 인연이 있어 보인다. 왼쪽 소녀는 창문을 바라보고 있다. 나는 왼쪽 소녀의 표정이 궁금했고, 오른쪽 소녀가 무엇 때문에 왼쪽 소녀를 쳐다보는지 궁금했다. 책 제목《죽이고 싶은 아이》는 왼쪽 소녀를 오른쪽 소녀가 살해한 것이라고 말하는 듯했다.

표지와 마찬가지로《죽이고 싶은 아이》에 나오는 박서은이 학교에서 시체로 발견된다. 그리고 평소 박서은과 친하게 지냈던 지주연이 살인자로 몰린다.

나에게는 누나가 있다. 하지만 불행하게도 누나와 나는 너무 다르다. 두 살 차이가 나지만 나는 몸집이 작고 누나는 아주 크다. 나는 몸이 말랐고, 누나는 살이 쪘다. 누나는 나한테 시비를 걸고 다닌다. 그게 싫지만 나는 누나가 없으면 안 된다. 내가 모르는 게 있을 때 답을 알려주기 때문이다. 공부를 잘하는 누나는 나의 멘토가 되기도 하고 원수가 되기도 한다. 우리의 그런 모습이 이 책 속에 등장하는 지주연과 박서은의 모습과 비슷하다.

그리고 누나는 목소리가 크다. 누나랑 싸웠을 때 나만 혼난 적이 많다. 목소리 큰 사람이 이기듯이 누나랑 말싸움을 할 때마다 항상 누나가 이겼다. 누나가 어지른 것도 내가 했다고 오해를 받은 적도 있었다. 우리는 남매인데 서로 너무 다르다. 그래서인지 박서은의 마음이 이해된다.

학교에서 나는 내 친구를 질투한 적이 많다. 나랑 같이 놀던 친구가 새로운 친구를 사귀어서 나한테 소홀해졌다. 나만 빼고 둘이 노는 모습을 볼 때마다 괜히 화가 났다. 그래서 이 책 속에 나오는 지주연의 마음이 이해된다.

하지만 나는 지주연처럼 친구를 괴롭히지 않고 친구와 둘이 있을 때 섭섭한 내 마음을 말해준다. 계속 마음속에 담아두는 것보다 서로에게 말하는 게 낫다는 걸 알고 있기 때문이다. 엄마는 항상 말씀하신다. "좋은 사이일수록 무조건 참지 말고 말로 풀어야 서로 의지할 수 있다." 엄마 덕분에 용기를 내어 말로 풀려고 한다. 질투가 난다고 해서 지주연처럼 괴롭히는 건 아닌 것 같다.

이 책 속에서는 교장 선생님과 지주연의 부모님이 사건을 덮기 바빴다. 아마, 지주연은 그럴 때마다 배신감을 느끼고 혼란스러웠을 것이다. 나도 이런 감정을 느낄 때가 있었다. 하지만 나의 부모님은 항상 나를 먼저 믿어주셨다. 그래서 나는 힘들 때도 부모님에게 솔직하게 말하고 기댈 수 있었다. 부모님은 나의 기둥이시다. 이런 사건이 생기더라도 부모님은 가족의 명예나 체면 때문에 사건을 덮지 않을 것이란 믿음이 있다.

책을 읽으면서 사실을 왜곡하려는 김변호사와 가방으로 벽돌을 건드려서 박서은을 죽인 '목격자'가 너무 미웠다. 물론 나도 거짓말을 한 적이 많다. 얼마 전, 거짓말을 해서 아빠에게 혼난 적이 있다. 그런데 거짓말로 거짓말을 변명하다가 들켜버렸다. 아빠는 나를 혼내시다가 조용히 말씀하셨다.

"거짓말을 하면 안 된다. 또한 잘못한 것을 거짓말로 덮으려는 것은 더더욱 해선 안 돼. 그건 잘못을 여러 번 하는 것보다 훨씬 나쁜 행동이야."

아빠의 말씀처럼 사실을 왜곡해서 형량이 줄었다면 출소해서 떳떳하게 생활하지 못할 것이다. 결국, 목격자가 박서은을 죽였다는 것이 밝혀졌을 때 나는 별로 놀라지 않았다. 왜냐하면 이미 예상했던 결과였기 때문이다. 그보다 놀란 것은 박서은의 이야기였다. 내가 죽었다 깨나도 예상치 못했던 이야기다. 박서은에 관한 비밀이 다 드러났을 때 이 책에 대한 나의 인식이 바뀌었다.

내가 놀란 것은 또 있다. 사실이 모두 드러나기 전 언론의 거짓말이 깔아놓은 밑밥들이다. 아직 사실 여부가 다 드러나기도 전에 지주연이 살인을 저질렀다고 단정 지으며 언론은 크게 부풀렸다. 나처럼 책 속의 사람들은 지주연의 잘못이라고 생각하며 비난했다. 이로 인해 교장 선생님, 지주연의 부모님, 지주연 본인 등 많은 사람이 피해를 봤다. 지주연과 지주연의 부모님을 절벽으로 몰아가던 사람들이 목격자 앞에선 모른 척 했다. 지주연은 큰 피해를 입었지만, 지주연을 비난하던 사람들은 이 사건을 잊을 것이다. 지주연이 얼마나 힘들었는지, 그 후로 어떤 삶을 살고 있는지 관심조차 없을 것이다. 언론이 키운 떠들썩한 사건만 흥미롭게 생각할 뿐이다.

아직도 동물인 사람들

- 《갑자기 악어 아빠》를 읽고

김정은

   윤찬, 윤이의 아빠는 긴 휴가를 보냈다. 그동안 아이들은 텔레비전을 보지 못했다. 아빠가 잔소릴 하기 때문이다. 심심해진 아이들은 책 상위에 놓인 악어 인형인 포포를 보며 집을 만들었다. 포포의 집을 만들면서 아빠가 잔소리를 하지 않기를 간절한 마음으로 빌었다. 그때 아빠가 기지개를 켜며 하품을 하자 악어로 변해버렸다.

   나의 아빠가 동물로 변한다면 맨날 나랑 집에서 지낼 수 있는 강아지가 되면 좋겠다. 아빠는 서울에 있는 직장을 다니시느라 한 달에 몇 번 만나기 어렵다. 아빠랑 헤어질 때마다 비행기가 뜨지 않으면 좋겠다고 말했다. 아빠랑 집에서 매일매일 지내면 얼마나 좋을까.

   나의 엄마가 동물로 변한다면 아마 토끼로 변할 것 같다. 내가 학원을 가야하는데 엄마가 늦게 도착해서 늦을 때가 종종 있다. 그럴 때마다 엄마가 깡충깡충 뛰어와서 나를 먼거리도 금방 갈 수 있게 점프를 해주면 좋겠다. 그럼 친구들이 엄청 부러워할 것 같다.

나의 오빠는 생쥐로 변해버리면 좋겠다. 내가 고양이로 변해서 오빠에게 복수를 할 것이다. 오빠는 나를 매일 괴롭히기 때문에 한 번만이라도 내가 복수를 해주고 싶다.

그런데 많은 동물들 중 몇몇은 사람이 변해서 된게 아닐까? 〈단군왕검〉 이야기처럼 말이다. 말을 날카롭게 하는 사람은 고양이, 대화를 천천히 하는 사람은 거북이 또는 나무늘보, 화를 잘 내는 사람은 사자, 점프를 잘하는 사람은 토끼, 나무에 잘 올라가거나 구름사다리를 잘 타는 사람은 원숭이로 변한 게 아닐까. 그들이 아직 사람으로 돌아오지 못한 것은 무엇 때문일까?

외동이의 삶

- 《페인트》를 읽고

김예리

미래에 사는 주인공 제누 301은 NC센터에서 생활을 한다. NC센터는 아이를 많이 낳지 않자, 버려지는 아이들이나 부모가 없는 아이들을 위해 정부에서 만든 센터이다. 좋은 부모를 만나기 위해 부모 시험을 3차까지 보고, 한 달간의 합숙을 거친 후 입양이 된다. 서로가 마음에 들어야 입양이 가능하지만, 19살이 되기 전까지 부모를 찾지 못하면 NC센터를 나가게 되는데 평생 NC 꼬리표를 달고 살아야 한다.

이 책을 읽으면서 우리나라의 저출산에 대해 생각해보았다. 우리나라는 아이를 버리거나 부모의 사고에 의해 혼자 남게 되는 아이들이 많다. 이런 일들이 계속된다면 정부에서 책에 나오는 기관을 만들 수도 있겠다는 생각이 들었다. 이 책에 등장하는 제누 301은 매우 어른과 같은 성격을 지녔다. 그게 제누 301의 장점 같다. 제누 301이 3차 인터뷰까지 함께한 사람들과 웃으면서 인터뷰를 하는 장면에서는 제누 301이 정말 행복하구나하고 안도감이 들었다. 그러나 제누 301은 3차 인터뷰가 끝나고 그들과 한 달간의 합숙 생활을 하지 않겠다고 했을 때, 나는 많이 놀랐다. 포기를 한 이유는 제누 301가 그들의 좋은 아들이 될 수 없을 거라는 판단에 의한 것이라니. 제누 301은 역시 어른스럽다. 자신의 관점이 아니라 상대방에서 바라본 입장을 배려한 것이었다. 나는 그런 생각을 할 수 있는 17세의 제누 301이 부러웠다. 나는 아무리 성숙하게 판단하고 사고한다 해도 참 힘들다. 또한, 제누 301이 상대방에게 자신의 생각을 당당하게 말하는 것도 부러웠다. 나는 학교에서 발표를 할 때면 너무 긴장이 된다. 하지만 막상 발표를 하고 나면 기분이 좋아진다. 내가 해냈다는 생각에 성취감이 생긴다. 하지만 제누 301처럼 매사에 당당하게 자신감을 드러내지는 못한다. 누군가가 시켜야 마지못해 우물거리다가 말을 하곤 한다.

NC센터를 찾아오는 부모들 중 대부분은 혜택과 정부지원금을 노리고 찾아온다. 그래서 좋은 부모를 만나기란 매우 힘들다. 제누 301이 부모면접을 봤을 때 그들은 혜택과 돈에 관심이 없는 사람이란 걸 알았다. 그래서 제누 301이 3차 인터뷰까지 가게 되었던 것 같다. 결국 자신이 그들의 좋은 아들이 될 수 없을 거란 생각에 포기를 하였지만, 그들은 아쉬워했다. 제누 301의 생각이 바뀌면 연락을 주라고 작은 액자 속에 연락처를 넣어서 준다. 그들과 작별을 했지만, 제누 301은 바깥 세상으로 나갈 준비를 하는 듯했다.

나의 가족은 언제나 활기차다. 뉴스를 보면서 아동학대에 대한 기사가 나올 때마다 '학대는 왜 하는 걸까?' 라는 생각이 든다. 나는 외동딸이다. 엄마와 아빠는 내가 하고 싶은 것, 사고 싶은 것은 거의 다 해주신다. 주변 친구들은 대부분 언니나 오빠들, 동생들이 있어서 외동인 나를 부러워한다. 나의 부모님이 내가 원하는 건 다 해주시는 점에서는 좋다. 하지만 혼자 집에 있는 경우가 많다. 그래서 많이 외롭다. 집에 애완동물이 있다면 외로움이 덜하겠지만, 그래도 역시 외롭다. 부모님이 외출을 하면 나는 자유지만 외로움을 달래기 위해 컴퓨터 게임을 하곤 한다. 밥을 차려 먹기 귀찮아서 굶을 때도 있었다. 내가 굶는 걸 걱정하시는 엄마가 전화를 하면 그제야 겨우 밥을 꺼내서 먹기도 한다.

부모님은 나에게 사랑을 주시려고 노력하신다. 노력이 과하면 귀찮을 때도 있다. 아빠는 장난꾸러기처럼 내가 친구와 통화 중일 때마다 곁에 와서 전화기에 대고 '알러뷰'를 소리치고 달아나신다. 나의 친구들은 그런 아빠가 재미있다며 부러 위한다. 친구들과 약속이 있을 땐, 아빠는 용돈 말고도 더 챙겨주신다. 내가 외동이라 더욱 각별하게 신경을 써주시는 것 같다.

이 책을 읽고 나자, 제누 301처럼 NC센터에 있는 아이들과 다른 삶을 살아서 다행이라고 생각한다. 그리고 이 행복이 당연한 것처럼 여기던 나를 반성해본다. 부모님께 늘 고마움을 가져야지 하고 나의 생각과 행동을 반성해보았다. 그리고, 제누 301처럼 타인을 배려하는 연습을 해야겠다. 외동이어서 이기적이라는 말을 듣지 않도록 내가 받은 행복을 타인에게 나눠주려는 습관을 들여야겠다. 외동이어도 온 세계가 가족이 될 수 있다면 좋겠다.

y = 0 x

- 《감정 보관함》을 읽고

이상협

    소라는 자신에 대한 고민이 많은 아이다. 자꾸만 부정적인 태도를 취하는 소라는 한국사 시간에 사고를 쳤다. 한국사 시간에는 모든 욕이 금지되어 있다. 그런데 소라는 환청으로 들은 욕을 혼잣말로 되풀이했다. 선생님께 걸린 후 해명하는 도중 욕을 두 번째로 써버렸다. 벌로 마스크에 빨대를 물고 한 손을 들고 수업을 받았다. 이 상황이 너무 수치스럽고 화가 났던 소라는 친구에게 이 상황을 말한다. 그래서 친구 윤호는 감정 보관함이라는 것을 주었고, 감정 보관함을 통해 선생님과 갈등을 해결하는 내용의 책이다.

    처음 책을 보았을 때 표지 속의 소녀는 좀 흥미롭게 보였다. 풍경은 밝고 따뜻한 느낌이지만 상자 속으로 숨어있는 소녀는 무언가 고민이 많아 보였다. 나는 숨어있는 소녀의 모습이 의미하는 게 무엇인지 물끄러미 생각하게 되었다.

돌연히 소라는 우리 주변에서 흔히 볼 수 있는 학생이라는 걸 깨닫게 되었다. 섬세하고 꼼꼼해 보이지만 사실 깊은 고뇌와 비판적 사고를 동시에 지닌 아이다. 소라는 그런 자신의 모습을 싫어한다. 그러나 자꾸만 비판적이고 현실에 굴복하고 만다. 한국사 시간에 벌을 받으면서 필기까지 하는 모습은 웃기면서도 슬픈 느낌을 주었다. 소라는 선생님과의 갈등에서 힘들어졌기에 감정 보관함이라는 것을 사용한다. 감정을 다스리고 표현하는 걸 힘들어하는 소라에게 그것은 하나의 대안이자 감정을 원활하게 조절하는 공급처 역할을 한다. 만약 소라에게 감정 보관함이 없었더라면 소라의 뇌는 모든 감정으로 가득 찰지도 모른다. 감정 보관함뿐만 아니라 감정을 조절할 수 있는 〈얼음 땡〉을 우리는 갖고 있어야 한다. 아이들의 놀이인 얼음 땡은 잠시 얼음처럼 멈춰있다가 땡을 외치면 풀어내는 것처럼 감정도 일시 정지를 해두는 것이 좋을 듯하다. 감정을 컨트롤하고 나누는 것은 모든 관계와 생활 속에서 핵심이 되기 때문이다. 그렇기에 감정을 컨트롤 할 수 있는 우리가 되어야 좀 더 편한 관계로 유지될 수 있다.

감정 보관함이 아니더라도 보이지 않는 감정을 배울 수 있는 다른 방법이 있다. 그것은 바로 공감이다. 공감이야말로 감정을 다스리는 최고의 방법이라 생각한다. 살아가면서 우리는 공감 하면서 상대방의 입장을 듣고 감정을 공유하는 과정이 중요하다. 그러나 사춘기가 오면서 공감을 하는 것에 어려움을 느낀다. 그것이 반복되고 학습되면서 감정과 공감이 옅어지면 자신의 입장이 우선시 되는 사람이 될 수 있다. 이 책에 등장하는 선생님이 그러한 예라 할 수 있다.

한국사 선생님은 규칙을 만들고 수업을 한다. 그 규칙은〈욕을 쓰지 말자〉이다. 그리고 욕을 하면 손을 들거나 볼펜을 입에 물어야 하는 벌이 있다. 벌이 옳든 그르든 학생들은 이 처벌을 좋아하지 않는다. 주인공인 소라는 이 처벌로 인해 수치심까지 느꼈다고 했다. 선생님은 자신이 그렇다고 하는 것에 반대되거나 다른 감정을 느끼는 것을 이해하지 못한다. 선생님의 이러한 사고방식의 원인은 감정의 이해 부족에서 온 것이라 생각한다. 선생님은 문제가 있던 사람은 아니다. 소라가 도와주자 고맙다고 할 줄 안다. 감정을 나타내는 부분이 부족한 것도 아니다. 그저 상대방의 감정을 이해하지 못하는 공감이 부족할 뿐이다. 나 자신의 감정은 잘 알고 이해하지만 상대방의 감정을 이해하지 못하는 것이 바로 공감 부족에서 기인한 것이다. 이런 사람들은 자라면서 그러한 자신에게 익숙해졌기에 쉽게 타인과 공감할 수 없다. 보이지 않는 감정이라 보여주는게 쉽지 않다. 감정이란 직접 눈으로 보이는 것이 아닌 마음으로 느끼고 이해할 수 있는 것이다.

이 책에서 소라가 자신이 감정 보관함에 쓴 글을 보여주고 가족들이 그것이 틀렸다고 말해주고 직시했기에 생각할 수 있는 것이다. 공감은 감정에서 오지만 감정은 공감에서 오는 것이 아니기에 직접 표현해주는 것이 더 효과적이다. 다만 표현 방식에도 노력이 따른다.

대표적인 표현 방식은 크게 두 가지로 나뉜다. 감정을 억누르다가 한 번에 표출하거나 매 순간 조금씩 표출하는 식으로 나눌 수 있다. 감정을 표출하는 것은 함수와 같다. 함수란 하나의 값에 하나의 결과값이 나오는 것처럼 하나의 감정을 넣으면 하나의 행동이 나온다. 만약 우리가 x를 감정으로 y를 행동으로 가정하면, 그 사람의 감정 그래프를 만들 수 있다. 감정을 표현하는데 있어 자유로운 사람은 $y=a(x-b)(x-c)(x-d)\cdots(a \neq 0)$의 그래프를 가질 것이다. a값이 크든 작든 그 감정에 대한 하나의 반응이 나온다. 그러나 감정을 억누르고 표현을 안 하는 사람들은 $y=a(x-b)(x-c)(x-d)\cdots(a=0)$의 그래프로 변할 것이다. 이 그래프는 어떠한 감정이 들든 그 값은 0이다. 즉, 우리가 느끼는 감정을 제대로 표출하지 못하여 어느 순간 $y=0x$의 그래프가 되면 그 감정을 표출할 수 없다. 그러면 계속 0이 나오고 반복되어 쌓이다가 어느 순간부터 감정이 과부하 되면 그 체계는 무너질 것이다. 함수의 체계가 무너지면서 지금까지 겪은 모든 감정이 여러 가지의 다양한 행동으로 표출된다. 그러면서 감정을 표출하는데 어색해지고 소통이 힘들어질 것이다.

책 속의 소라가 느끼는 감정은 소라뿐만 아니라 소유가 등장하고 힘들어한다. 그런 소라에게 있어 감정 보관함은 과부하 된 소라의 감정을 차곡차곡 저장해주고 정리해주는 역할을 한다.

우리가 가지고 있는 $y=a(x-b)(x-c)(x-d)\cdots(a\neq0)$의 그래프의 형태는 모두 다르다. 그러기에 세상에 다양하고 여러 사람이 있는 것이다. 성격이 좋든 안 좋든 까칠하든 차분하든 감정을 표현하는 것만으로도 우리는 풍부한 감정 보관함의 역할을 하는 것이다. 우리가 중요시해야 하는 것은 y도 아니고 x도 아니다. 복잡한 함수식에서 나의 감정을 표출하는 방법이 중요하다. 그 표출하는 방법인 a가 크든 작든 그 자체로 우리의 행동은 지속되어진다. 만약, a가 0이라면 이 책에서처럼 또 다른 감정의 매체를 만들자. 그러면 어느 순간부터 우리의 a값은 0에서 0.0001로 변할지도 모른다.

더 나은 나를 위한 시작

- 《분홍문의 기적》을 읽고

이서인

매일 그랬듯이 나는 도서관에서 수많은 책을 보았다. 모든 책이 비슷하고 나를 끌어당기지 않았다. 그런데 내가 좋아하는 색깔의 책이 꽂혀 있었다. 바로 분홍색으로 대문을 그린 책이었다. 아무래도 내가 분홍색을 좋아하고 분홍색의 대문을 아파트에 칠한다는 게 처음이라 내 손이 자연스럽게 책으로 가 있었다.

〈분홍문의 기적〉에는 화사한 분홍색과 전혀 어울리지 않는 두 남자가 살았다. 아버지 박진정은 술주정뱅이였고, 아들 박향기는 밤새도록 게임만 하는 불량 학생이었다. 어머니 김지나는 먼저 세상을 떠났고, 분홍문은 그야말로 썩어가고 있었다. 하지만 두 사람에게도 변화가 찾아온다. 〈분홍문의 기적〉은 박진정과 박향기 같은 사람에게 희망을 주는 책이다.

처음에는 집 안에 곰팡이가 피고 찌든 내가 났지만 김지나씨가 돌아온 후부터 분홍문처럼 화사해졌기 때문이다. 그리고 박향기가 "그래도" 행복한 우리 집이라고 썼을 때 나는 〈그래도〉라는 말이 이렇게 놀라운 줄 몰랐다. 왜냐하면 그래도 행복한 우리 집은 힘든 고난과 역경을 이겨내고 다시 행복해졌다는 뜻이기 때문이다. 이것들이 힘든 일이 있어도 행복은 다시 찾아온다는 뜻 같았다.

책에 나온 박진정의 가족은 김지나씨가 죽기 전에는 일도 잘하고 박향기도 나쁘지 않은 학생이었다. 집도 깨끗하고 분홍빛 커튼과 침대와 예쁜 분홍문이 있지만, 김지나씨가 죽고 난 이후 두 사람은 삐뚤어지기로 결심했다. 나는 두 사람을 보고 처음에는 충격을 받았다. 겨우 아내가 없다고 삐뚤어지는가? 하지만 그게 내 엄마라고 생각하니 이해가 갔다. 하나 밖에 없는 아내와 엄마를 떠나보내고 엄마에게 맞췄던 두 사람이 어떻게 김지나씨 없이 살 수 있단 말인가. 이런 상황을 보니 그들이 왜 삐뚤어졌는지 이해가 되었다. 그들은 김지나씨가 자신들을 배신했다고 느꼈을 것이다.

나는 〈분홍문의 기적〉을 읽고 알게 된 것 중 하나가 변화와 그 과정이다. 사람이란 하나를 계속하다 보면 습관이 생긴다. 1년 365일 동안 생긴 습관은 쉽게 변하지 않는다. 그리고 좋은 습관이 있으면 나쁜 습관도 있는 법이다. 박진정씨와 박향기는 나쁜 습관에 찌든 것이다. 다행히 김지나씨가 자신의 집이 이렇게 변한 걸 보고 사람들과 집안을 바꿔야겠다는 생각에 돌아와 주었다. 김지나씨는 차근차근 집 청소부터 시작해서 그들의 마음에 낀 얼룩까지 지우기 시작했다. 살뜰하게 챙겨주던 이웃 아주머니와 다시 소통을 하게 했고, 박향기가 학교에서 발표를 할 수 있도록 도왔다. 김지나씨가 돌아간 후 그들은 사이좋게 분홍문을 초록색으로 바꾸었다. 그들의 변화는 아주 컸다. 김지나씨가 변화시켰던 그들을 다시 그들 스스로 변화시킬 수 있도록 도와준 셈이다.

나도 〈분홍문의 기적〉처럼 변화를 시도한 적이 있다. 나의 변화는 바로 숙제를 바로바로 하기와 영어책 두 권을 일주일 동안 읽기였다. 나처럼 게으른 사람은 절대 할 수 없다고 생각한 지난날이 바보스럽게 느껴졌다. 놀랍게도 작심삼일이었던 내가 영어책의 즐거움에 빠져든 것이다. 내 동생도 변화를 시도하였고, 엄마도 그 어렵다는 다이어트에 성공을 했다. 변화 앞에선 어떤 변명도 할 수가 없다. 왜냐하면 변화는 드러나는 것이기 때문이다. 행동이 아닌 마음이라도 변화는 보이는 것이다.

큐브를 처음으로 배울 때 십자가를 맞춰야 하는데 참 어렵다. 이런 초보자가 큐브의 색을 다 맞추면 자신의 노력으로 변한 것을 알 수 있다. 〈분홍문의 기적〉도 술주정뱅이가 친절한 아빠로 변하는 이야기다. 불량 학생이 누구보다 발표를 열심히 하는 모습으로 변했다. 이렇게 보면 〈분홍문의 기적〉은 변화하는 우리의 모습을 담고 있을지도 모른다. 우리는 이런 변화를 가지고 더 나은 사람이 되는 것이다.

삼키지 말고 뱉어라

- 《감정 보관함》을 읽고

오정후

이 책의 표지에는 한 아이가 박스를 뒤집어쓴 채로 서 있었다. 상자를 쓴 아이 옆에는 삐딱하게 책 제목이 쓰여있었다. 저 아이는 왜 저런 모습을 하는지 궁금해서 책을 고르게 되었다.

책의 주인공 소라는 자신의 감정을 성경이 같은 소수의 친구를 제외하면 제대로 터놓지 못한다. 만약 자신에게 이득이 된다면 감정을 억누르며 자존심을 버리기도 한다. 책에서 역사 선생님의 부당한 논리로 벌을 받을 때도 필기를 해도 되냐고 묻는 자신의 비굴함을 소유라고 이름 붙이면서 싫어하지만 마라탕을 먹으며 선생님을 욕하는 걸로 일을 덮으려고 한다.

하지만 친구인 윤호는 선생님에게 항의를 해야 한다며 강하게 나가길 요구한다. 그리고는 감정 보관함을 주며 화가 날 때는 여기에 기분을 적어보라고 말한다. 그리고 자신 역시도 감정 보관함 덕에 사고를 치지 않은 것 같다며 나중에 쓸 때가 있을 거라고 말한다. 소라는 썩 내키지는 않았지만 한번 개운하게 욕을 적어 넣는다.

처음에는 윤호가 항의하라고 하면서도 결국은 감정을 가두는 보관함을 준 이유를 잘 이해하지 못했다. 하지만 생각해 보니 정당한 항의와 분노 표출은 다른 점이 많은 것 같다. 사람들은 살아가며 다양한 상황을 접하고 짜증을 느끼지만 바로 그 감정이 담긴 말을 내뱉으면 상대와의 관계는 더욱더 악화된다. 그러니 보관함에 자신이 느낀 감정을 쓰며 자신이 왜 화가 났는지를 생각하고 그에 따라 차분하게 자신이 원하는 말을 전달해 관계를 유지할 수 있는 것이다.

또한, 감정 보관함은 서로를 이해할 수 있는 도구 역할도 한다. 책에서 윤호는 자신의 감정이 담겨있는 보관함을 넘겨주면서 나중에 커서 보관함을 열어 소라, 윤호, 성경 셋이서 서로 왜 화가 났었는지 들여다보자고 한다. 즉, 서로 힘들 때마다 보관함을 쓰고 친구가 힘들어할 때 보관함을 그 친구에게 주는 방식으로 소통하는 것이다. 사실, 성경이와 윤호는 성격이 정반대인 친구다. 성경이는 소라의 감정을 위로하고 공감하는 것에 초점을 맞추지만 윤호는 논리적으로 소라가 항의할 수 있는 이유나 해결책을 찾는다. 하지만 성격 차이에도 불구하고 둘은 보관함을 주고받음으로서 서로의 감정을 받아주는 것이다.

이렇게 감정 보관함을 받은 소라는 소유같은 모습을 버리고 선생님께 자신의 생각을 밝힌다. 이 과정에서 소라는 선생님의 성격이 나쁜 것이 아니라 단순히 선생님이 공감을 못 하는 것일 뿐이라는 걸 알게 된다. 선생님이 학교에서 이 사건 때문에 해고당할 수 있다는 걸 알게 된 소라는 아이들과 함께 이 문제에 대해서 논의하고 나름의 답을 찾아낸다. 윤호가 자신에게 그랬듯, 소라도 선생님에게 감정 보관함을 전달하면서 선생님도 감정을 자신과 친구들처럼 나눠보고 타인의 감정을 공감해보라고 부탁한다. 결국엔 선생님과 소라는 다시 화해하고 선생님의 생일을 축하해주며 책이 끝난다.

나는 책을 읽으면서 소라가 성장하는 모습이 인상 깊었다. 나도 소라처럼 하고 싶은 말을 하지 못하는 경우가 많았기 때문이다. 특히 나보다 나이가 많은 사람에게는 찍소리 한 번 못하고 속으로 화를 삭이는 경우가 많았다. 소라도 처음 선생님께 혼이 났을 때는 마음속의 소유로 인해서 제대로 반박하지 못하고 마라탕으로만 풀려 한다. 이런 식으로 스트레스를 풀면서 버텨나가는 모습은 무슨 일이 생기면 유튜브를 보면서 피하려 하는 내 생활을 연상시켰다. 이러한 행동은 특히 말 하나 잘못하면 불이익을 줄 수가 있는 선생님 같은 사람들 앞에선 더욱 그렇게 된다. 한 번만 참으면 손해는 보지 않는다는 마음가짐으로 화를 잊어버릴 때까지 참는 거다. 드라마 같은 매체들에서도 상사에게 깨지고 말 못한 스트레스를 술로 푸는 사람들의 모습이 종종 나오는 걸 보면 나뿐만 아니라 많은 사람들도 비슷하게 사는 것 같다. 지금도 다양한 사람들이 화를 내지 못하고 혼자서 괴로워하고 있을 거다.

하지만 감정을 참고만 살 수는 없다. 아무리 잊어버리려 해도 그 사람을 볼 때마다 어렴풋이 떠올려지고 그 상황에서 그 사람과 마찰이 생기면 이제까지 못 냈던 화가 폭발할 때도 있다. 내가 이런 식으로 화를 냈던 적이 몇 번 있었는데, 당연히 결과는 좋지 못했고 오히려 그 사람이 화를 낼 명분을 주는 경우가 대다수였다. 때에 따라선 마라탕 값이나 유튜브를 보는 시간보다 훨씬 더 많은 대가를 치렀다. 그래서 다시 참다가 또 다시 터지는 식의 악순환이 반복되었다.

그래서 소라의 선택은 내게 더 특별해 보였다. 소라는 선생님을 공격하지 않고 선생님께 자신의 감정을 전했다. 이러한 소라의 달라진 모습이 멋져 보이기도 했지만 한편으론 현실성이 없다는 느낌도 들었다. 솔직히 선생님은 소라의 말을 권위적으로 찍어누를 수도 있었다. 그래서 결말이 작위적이라는 느낌도 들었다. 현실에서 저런 행동을 해봤자 결국 욕만 먹고 끝날 것같아 보였다.

그런데 어쩌면 상대방과 대화하는 게 참거나 화내면서 한 방에 터뜨리는 것보다 낫다는 생각도 들었다. 결국 감정을 해소하려면 상대방에게 솔직하게 말을 해야 하는데 이걸 받아들이는 건 상대방의 몫이다. 하지만 공격적으로 나오면 상대방도 무조건 막아대면서 이해하려는 시도 자체를 하지 않게 된다. 결국 부드럽게 말하면서 상대가 우리의 입장을 이해시켜 보는 게 최선의 방법이다.

물론 이러한 시도들은 좌절될 수도 있을 거다. 사람들은 다양한 성격을 가지고 있고, 그건 웬만해선 바뀌지 않는다. 책에서도 결국 선생님은 여전히 정확하고 사실적인 지위도 서로의 감정을 이해하는 것을 방해한다. 하지만 그럼에도 나는 마라탕과 함께 감정을 삼키기 보다는 상대방에게 솔직한 말 한마디를 내뱉는 것이 더 낫다고 생각한다. 상대방도 성격이나 지위를 막론하고 비슷한 감정을 느껴본 적이 있을 테니 차분하게 말하면서 서로 화가 아니라 대화를 통해서 일을 해결할 수 있을 것이다. 소라가 친구들과 선생님과 감정 보관함을 공유하며 서로 소통했던 것처럼 말이다.

나를 위한 시간

-《감정 보관함》을 읽고

고연아

〈감정 보관함〉은 소라가 학교에서 겪은 억울한 차별을 바로 잡기 위해 모두가 노력하며 힘들 땐 글로 적어 감정 보관함에 넣고 다시금 마음을 다잡는 내용이다.

이 책을 읽게 된 계기는 〈감정 보관함〉을 보자마자 지금 내가 겪고 있는 감정들, 힘든 일들이 머릿속을 스치며 지나갔기 때문이다. 내가 느낀 감정들도 감정 보관함에 넣고 싶다는 생각에 이 책을 읽게 되었다.

나는 이 책을 읽고 있는 동안 학교에서 사소한 걸로 말다툼이 일어서 몹시 힘들었다. 지금은 사소한 말다툼이 다른 친구들에게도 영향을 끼쳐 친구들이 모두 갈라지고 있는 중이다. 나는 중간에 끼어서 어떻게 해야 다시 행복했던 예전처럼 돌아갈 수 있을까, '이젠 다시 돌아가기엔 너무 늦은 것 같다.'하며 있다. 친구들 사이에서 고민할수록 버겁기만 하다.

때론 지금 힘들어하는 내 마음을 누군가에게 털어놓고 뛰고 싶다. 뛸 때면 힘들었던 모든 걸 떨쳐놓는 느낌이 들고, 뛰고 난 후엔 기분이 홀가분해서 힘든 것보다 한결 낫다.

〈감정 보관함〉을 읽고 나서 '나에게도 이런 게 있었으면 좋겠다.'라는 생각이 들었다. 친구 관계의 문제, 부모님과의 갈등, 진로에 대한 고민도 지금이 나에겐 너무 버거워서이다.

내 또래 친구들에게도 〈감정 보관함〉을 추천해주고 싶다. 내가 생각했을 땐 딱 내 나이가 살면서 가장 힘들 나이라고 생각한다. 2차 성징으로 말다툼이 자주 일어날 것이고, 자신도 포기하거나 잃는 게 더 많아진다. 그렇게 된다면 심적으로든 육체적으로든 많이 힘든 감정을 잠시 보관해둘 수 있는 곳이 필요하다. 위로해줄 수 있고, 이해해줄 수 있는 책이라 생각한다.

책의 부분 중 내가 가장 맘에 들었던 부분은 잘못된 처벌을 준 한국사 선생님이 반학생들에게 사과하는 부분이다. 속이 뻥 뚫리고 자신이 한 행동들을 반성하는 것 같아 기억에 남는다. 사실 자꾸 한국사 선생님이 사과도 안하고 되려 학생들에게 뻔뻔한 모습을 보이고 있을 때 '설마 사과도 안하고 이야기가 끝나진 않겠지?'했는데, 다행히 사과를 하고 끝나서 해피엔딩인 것 같다.

요즘 들어 학생들이 스트레스나 고민이 있으면 매운 음식이나 달달한 음식을 먹으며 푸는데, 책에도 그런 부분이 나와서 공감이 되었다. 친구와 먹으며 수다를 떨면서 고민을 털어놓는 장면도 요즘과 비슷한 점이 많아 기억에 남는다.

마지막에 반 친구들이 다같이 한국사 선생님께 사과하라고 했던 부분에서 든 생각은 '역시 소설은 소설일 뿐이구나.', '우리 학교라면 저러지 않을 텐데.'였다. 선생님에게 감히 말대꾸나 사과를 하라고 말할 수 있는 분위기란 상상할 수 없는 일이기 때문이다. 대부분 한 반에 있는 남학생과 여학생이 모두 친하지 않다면 저런 단체 행동도 기대하기 어렵다.

나는 남학생과 여학생이 사이좋게 지내는 걸 본 적이 없다. 그리고 우리 학교는 서로 장난은 치지만 사이가 좋다고는 볼 수 없는지라 책을 읽으면서 내심 좀 부러웠다. 나는 남학생들이랑 친하게 지낸지 오래라 남학생들이랑 친하게 지내던 여학생들이 부러웠다.

부모님이 저렇게 열심히 도와주는 것도 보통의 가정에선 드문 일인데 도와주니까 주인공이 좋은 가정에서 살고 있다는 생각이 들었다. 보통의 딸이 저런 상황에 처하면 '너가 잘못했으니까 선생님이 그러셨겠지.'하고 넘기는데 주인공의 엄마는 딸의 억울함을 풀어주기 위해 교감 선생님께 전화를 건다. 이러한 일들이 있었다며 교장 선생님께 말하는 모습에서 딸을 위로해주는 엄마의 모습을 보았다. 주인공은 정말 좋은 엄마를 됐구나라고 생각했다. 나의 엄마도 저러면 괜히 기분도 좋고 눈물이 날 것 같다. 아마 중·고등학생들은 나와 같은 생각일 거다. 제일 힘들고 지치고 누군가의 위로가 필요할 나이에 부모님이 저렇게 말해주면 친구가 말하는 것보다 의미 있고 더 좋을 것 같다.

나도 가끔 지치고 힘들 때 감정 보관함에 감정들을 보관하고 싶다. 감정 보관함이 친구 아닌 친구 이상이 되어줄 것 같다. 친구란게 숨김없이 내 모든 것, 모든 상황을 털어놓고 얘기하는 관계라 생각한다. 서로의 고민도 들어주고 나에게 오롯이 편한 존재라고 생각하는데 이 책에 나오는 감정 보관함도 현대인들에게 그런 존재가 될 것이다.

요즘 코로나로 자영업을 하시는 분들이나 회사원 등등 힘들지 않은 사람이 없는데 이런 상황에 감정 보관함이 있다면 말그대로 감정을 보관하는 상자니까 감정 때문에 쌓였던 스트레스도 어느 정도 풀릴 것이고, 감정도 잠시 보관한다고 상상하면 힘든 상황도 누구보다 긍정적으로 생활할 수 있다고 본다.

만약 내 앞에 10살, 15살, 19살, 24살이 있다면 난 15살에게 감정 보관함을 줄 것이다. 15살이란 나이는 인생에서 가장 예민하고 고생할 나이인 것 같다. 사춘기가 시작되며 첫 시험에 친구 관계나 가족관계가 어떻게 될지 모르는 나이기에 가장 힘들지 않을까 한다. 사춘기나 2차 성징으로 많은 걸 새롭게 경험하게 되고, 시험 같은 경우엔 어른들이 주는 압박이나 스트레스로 부담감도 많아지게 된다. 이러한 이유로 친구 혹은 가족과 다툼이 많아지면 이또한 스트레스가 되고 주변 사람들이 다 떠나간다는 생각에 무기력해져서 가장 힘들 나이가 15살이다. 15살에겐 꼭 감정 보관함을 줘야 한다.

현대인들에게 취미가 감정 보관함이 아닐까 싶다. 자신의 취미생활을 하면 취미생활을 할 동안엔 잡생각도 들지 않고 자신을 힘들게 했던 것도 생각나지 않기 때문이다. 취미생활을 할 땐 정말 내가 좋아하는 거, 잘하는 걸 하는 시간이기에 현대인들의 감정 보관함인 것 같다. 그런데 현대인들은 감정 보관함을 잘 쓰지 않는 것 같다. 일하기 바쁘고, 공부하기 바빠서 나를 위한 시간은 정작 일상에서 얼마 되지 않는다.

힘들 땐 나를 위한 시간도 갖고 이 세상을 힘들게 살아가지 않았으면 좋겠다.

극복의 가게

- 《한밤중 달빛 식당》을 읽고

이하민

이 책 표지에는 예쁜 밤하늘이 그려져 있다. 〈한밤중 달빛 식당〉이라고 제목이 붙여진 표지였다. 과연 한밤중 달빛 식당이 있는 것일까? 궁금해하며 책을 펼쳤다.

책 속에 사는 연우의 아빠는 엄마가 돌아가신 뒤부터 술을 마신다. 그래서 연우는 집에 가는 것이 싫었다. 연우가 밖에 나가 걷고 있을 때 한밤중 달빛 식당을 찾았다. 그곳은 여우가 하는 식당이었다. 식당에선 음식값으로 돈 대신 나쁜 기억을 받았다. 어떤 아저씨가 집이 어딘지 기억을 못 하는 걸 보고 연우는 자신의 나쁜 기억을 돌려받았다.

연우가 나쁜 기억을 돌려받는 것 보고 나는 부모님과 대화를 많이 해야겠다고 생각했다. 부모님과의 갈등으로 사이가 안 좋아지면 말로 풀어야겠다. 서로 피하면서 말을 하지 않는 것보다 나은 방법이기 때문이다. 만약 부모님과 사이가 안 좋아지면 나쁜 기억 속에 부모님이 사실 것이다. 달빛 식당에서 돈 대신 내야 할 나쁜 기억으로 부모님이라면 부모님을 영영 잃어버린다.

그래서인지 이 책을 부모님과 사이가 좋지 않은 친구들이나 부모님들께 추천하고 싶다. 이 책을 보면 사이가 좋지 않은 사람들의 문제가 해결되기 때문이다. 책을 읽고 대화를 많이 할 것 같다.

연우와 아빠의 사이가 좋았다면 한밤중 달빛 식당에 가는 일도 없었을 것이다. 식당에 가지 않았더라면 연우가 나쁜 기억을 파는 일도 없었을 테지만 아빠와 화해할 기회를 얻지 못했을 수도 있다. 사이가 더 나빠질 수도 있었겠다.

책에 나오는 가게가 점점 흥미로워졌다. 가게에 여우가 있다는 것도 그렇고, 여우는 '어떻게 말을 할까?' 하는 기대도 생겼다. 여우가 마법사일 수도 있을 것 같다. 마법사인 여우가 마법을 걸어서 가게를 운영할 수 있는 건 아닐까? 그럼 마법으로 음식을 만들고 있겠지.

나의 아빠가 만약 술을 마신다면 나도 연우처럼 싫어할 것이다. 그렇지만 연우와 달리 대화를 해서 술을 안 마시게 했을 것이다. 그런 부분은 연우와 나의 다른 점이다. 연우에게 몇 번이나 말을 걸어보고 싶었다. 나의 방법을 알려주고 싶어서이다.

연우야, 아빠와 사이가 나쁘더라도 혼자 생각하지 말고 대화로 풀면 사이가 더 끈끈할 거야. 그리고 아빠는 연우를 더 아끼고 사랑해주시면 좋겠어요. 차차 연우와 행복한 가정을 만들수 있을 거예요. 라고 말해주고 싶다.

식당에 있는 여우는 좋은 요리를 해주어서 마음에 들지만 나쁜 기억을 받는 게 싫었다. 아무리 나쁜 기억이라도 꼭 있어야 하니까 말이다. 그래서일까? 식당이 정말 추워 보인다. 눈물이 얼음으로 얼었기 때문이다. 혹시 식당은 북극과 같을까? 아니면 한여름인데 에어컨을 너무 세게 틀어서 눈물이 얼음으로 변한 건 아닐까?

우리나라에 그런 식당이 있다면 마법으로 가게를 안 보이게 만들고 걱정이 있는 사람에게만 보일 것 같다. 언젠가 내 눈에 식당이 보여도 절대 들어가지 않을 것이다. 나는 기억을 잃은 아저씨처럼 되고 싶지 않다. 이런 식당은 결국 들통이 나서 뉴스와 신문 등에 나올 것이다. 사람들이 그런 식당에 들어가 위험에 빠지지 않으면 좋겠다. 그러니 그런 가게가 없으면 좋겠다.

나는 여우들에게도 할 말이 있다. 여우들아, 나는 나쁜 기억을 사는 가게 말고 나쁜 기억을 잘 들어주고 극복할 방법을 알려주는 그런 가게를 운영하면 좋겠어. 그래서 사람들이 너희 가게를 위험하다고 생각하지 않고 아주 포근한 가게라고 생각하게 말이야. 만약 그런 가게가 들통이 난다 해도 인기가 많아질거야. 이참에 가게 이름을 〈극복의 가게〉로 바꿔도 좋을 것 같아. 나는 너희 가게가 세상에서 가장 인기 있는 가게로 뽑히면 좋겠어. 물론 내가 먼저 달려갈 거야.

4부

제주의 4·3

제주의 4·3은 제2차 세계대전이 끝난 직후 미군이 한반도의 38도선 이남 지역을 점령해 군사 통치를 했던 미군정 시기에 발발했습니다. 이때는 미국과 소련을 중심으로 한 세계적인 냉전체제가 본격화되던 시기였습니다. 미군정 시절 발발한 4·3은 대한민국 정부 수립 이후에도 계속되어 총 7년여에 걸쳐 극심한 인명 피해를 낳은 비극적인 사건입니다. 특히 4·3의 전 기간 중 1948년 11월부터 약 4개월간 전개된 군·경 토벌대의 강경진압작전 때에는 중산간 마을 대부분 불타 없어졌고 남녀노소 가리지 않고 무차별 총살하는 이른바 '초토화작전'이 벌어졌습니다. 결국 4·3으로 인해 2만5천 명에서 3만 명의 제주도민이 희생되었습니다.

끔찍했던 날

김예리

누구든 이유 없이 데려가서 가둬버리고
일을 하다 다치면 무시당하고
감옥 생활을 해야만 했던
끔찍했던 날

먹을 것을 안주고
자유를 없애고
죽이기까지 했던
끔찍한 날

모두가 알고 있는데
사과를 하는 사람은 없고
사과를 받을 사람도 죽고
아무도 잊으면 안 되는 날이 되어버린
끔찍한, 4월 3일

검은 밤

최가은

그날 내 세상이 무너졌다
그저 이 밤이 지나면 깰 무서운 꿈인 줄 알았다
눈을 떠도 이 밤은 지나지 않았고
점점 더 깊은 잠에 빠졌다
오늘 밤에는 마을이 사라졌고
또 오늘 밤에는 오름이 사라졌다
하루가 다르게 모든 게 사라져 갔다

그렇게 내 세상이 무너져 갔다

바다가 가슴을 치며 소리쳤고
나무가 제 살을 파고들며 소리쳤다
새들도 소리 없이 소리쳤다

길고도 긴 밤이 지나니 꿈에서 나올 수 있었다
꿈에서 나와도 무너진 내 세상은 그대로였다

길고도 긴 밤에 붉은 동백 꽃망울이 맺혔다
동박새가 햇살을 물고 왔다

입속에 잠든 이

김현경

어금니를 쥐고 잠이 든 밤
출생부터 포로인 섬에서 꾸는 예지몽에 자꾸만 이가 빠졌다
헛기침하며 일어나는 아침은 생사를 확인하는 오래된 버릇,
죄짓지 않고도 수감된 어금니의 세월은
헤아릴 수 있는 눈과 재회하기엔 불임의 터진, 목이 불온하다

터진목에서 장성한 이촉이 차례로 허물어지는 총소리에
어머니의 입안은 유황냄새로 폐가가 되었다
"속솜행 숨어 이시라, 대가 끊기면 끗난 거여."
동굴 속으로 밀어넣은 못다한 말의 껍질에 웅크린,
나는 모순이었나
빠방 소리에 경기든 치열은
터진목에 대문만 남겨 놓고 가계의 흔적을 지웠다

어머니는 물질이 끝나면 인간어뢰가 숨겨져 있던 동굴에서
창백한 집게발만 내민 나를 꺼내고 소라를 씹어 주었다

덜 여문 내 입에 넣어주시려다 그만, 어금니가 빠져버린 어머니
밀고자의 사구에 빠져 소라껍데기 위에 누워 고문 받다가
고기밥이 되셨다

굶주린 총구에 차라리 요절하고 싶었던
유년의 동굴 안은 귀를 가둔 만조처럼
사자死者의 눈발이 날리는, 내내 사월

입속에 자갈 구르는 소리가
돌아누워도 한숨으로 등을 겨누면
두더지처럼 빛을 피해 모래사장에서 헛묘를 찾는다
해무를 건너오시는 어머니,
그림자도 없이 홀로 자맥질하시는 시린 바다의 잇몸에
오래 씹은 이름 하나가, 젖니로 돋는다

종달리 소금밭

강규선

돌아오지 말라고 남몰래 빌었지만
한라산을 돌고 온 메아리가 입은 붉은 군복
메아리 눈빛에 남아있는 서리

총알이 없다는 소문이 가진 희망
총을 들고 있다는 사실이 가진 절망
소금밭을 덮어버리는 군화자국,
이마에 구멍이 뚫린 사람들은 더 이상
왕이 반한 소금은 만들 수 없다

붉은 소금이 된 천일염
쇠 맛이 나는 뼛가루 밭

소금이 나오지 않는 소금밭,
뼛가루만 가득한 종달리 소금밭
붉은 메아리의 서리가 남아있다

돔밧고장 돌아왐수다

이수호

"아빠, 왜 동백꽃이 4·3의 상징일까요?"

동백꽃 배지를 달고 회사로 출근하시는 아빠에게 물어보았다. 아빠는 추운 겨울을 뚫고 꽃을 피우는데 어느 순간 뚝하고 통째 떨어지는 꽃이 동백꽃이라고 하셨다. 제주도민은 겨울처럼 추운 시절마다 끝까지 살아남았는데 4·3사건으로 뚝 떨어져버려서 그렇다고 하셨다.

나는 아빠가 시인처럼 알 듯 말 듯 말씀하시고는 출근을 하시자 궁금해졌다.

"누가 좀 속 시원하게 풀어서 설명 좀 해주면 좋겠다."

나는 검색을 하며 이리저리 자료를 찾아보았다. 그러다가 아빠의 서재로 들어가서 그림 화보집을 꺼내들었다. 4·3에 관한 그림들이 담겨진 화보집은 강요배 화가의 작품집이었다. 그 분의 작품들 중에서 〈귀향〉이라는 그림이 매우 강렬하게 나를 사로잡았다. 일제 강점기가 지나 해방될 무렵 일본에서 노동을 하던 제주 도민들이 귀향을 하는 장면이었다. 노동자들이 귀향의 기쁨을 표정과 동작에 담고 배에 올라탄 모습이었다. 손가락으로 어딘가를 가리키는 사람은 분명 제주도를 먼저 발견한 사람일 것이다. 통통하게 살이 오른 사람은 없고 광대뼈가 툭하니 나온 가난과 노동에 몹시 찌든 사람들이었다. 그들의 눈앞에 펼쳐진 바다 위에 아름다운 섬 하나가 고향이라니 얼마나 가슴 벅차고 낙원처럼 보였을까. 그들을 반겨줄 것만 같은 고향을 바라보며 행복감에 젖은 사람들이었을 것이다. 하지만 그들을 기다리고 있었던 것은 콜레라와 미군정의 억압이었다. 마치 화보집의 표지처럼 붉은 동백꽃이 뚝, 떨어졌다.

나의 소원이 이루어졌는지 아빠와 강요배 화가의 그림전을 보는 행운을 얻게 되었다. 전시장은 어둡고 그림들은 무거웠다. 3·1 대시위, 발포, 피살부터 시작하여 그림을 보았다. 3일절 기념행사 때 참가한 시민들이 통일 독립을 요구하는 시위가 벌어졌다는 설명을 읽었다. 미국과 소련이 한반도를 쪼개어 서로 통치를 하려던 시기였기에 우리나라는 독립을 다시 한 번 요구할 수밖에 없었다. 지긋지긋한 일제 강점기가 지났는데 또 다시 다른 나라의 통치 하에서 살라는 건 있을 수 없는 일이었다. 그 때 기마병이 탄 말에 아이가 치이는 사건이 발생하고 발포와 피살이 일어났다. 사건을 그냥 무시하고 가 버린 기마병들에게 야유를 보내는 사람들이 돌멩이를 던졌다. 이 일은 경찰서를 습격하는 사건으로 번졌다. 아이를 업은 아 낙이 다치고 여덟 명의 시민이 중상을 입었다. 나는 그림으로 이해하는 제주의 역사가 참으로 좋았다. 오길 잘 했다면 아빠 의 손을 잡았다. 4·3 사건의 도화선부터 차근차근 알아야 맥 락을 짚고 끝까지 사건을 들여다 볼 수 있기 때문이다. 편집된 중요 부분만 배우면 앞뒤가 연결이 안되서 이해하기가 어렵 다. 강요배 화가의 그림들은 어린 학생들과 제주를 모르는 사 람들에게 꼭 필요한 것이었다.

아빠와 돌아오는 길에 설날의 사건이 떠올랐다. 세뱃돈을 받을 기쁨에 아빠를 따라 친척집을 모두 쫓아다니던 나는 형 과 장난을 치고 있었다. 하지만 96세가 되신 할머니가 치매로 고생하신다는 친척집에 갔을 때는 당황스러웠다. 할머니는 내 이름과 얼굴, 심지어 가족들을 몰라보셨다. 작년까지만 해도 정신이 또렷했다는데 하나의 사건만 남겨두고 기억을 모두 잃 어버렸다는 것이다.

갑자기 경찰이 집에 들이닥쳐서 아버지를 잡아가는 장면 만 남았다고 했다. 아버지를 닮은 아들을 붙잡고

"아버지를 잡아가지 맙서. 아버지 돌아옵서."

할머니는 동백꽃처럼 붉은 스웨터를 입고는 입을 벌려 웃고만 계셨다. 96세로 치매를 앓고 있는 할머니가 잊지 못하는 기억이 4·3 때의 일이라는 게 충격이었다. 좋은 기억만 남기고 모두 잊어도 좋았을 텐데. 96년을 사는 동안 하나의 기억을 붙들고 아버지를 기다리던 할머니가 동백꽃처럼 보였다. 그리고 얼마 후 할머니는 돌아가셨다. 그리워하던 아버지의 곁으로.

목련 뚝 떨어졌다. 봄은 오는 가

김지연

"목련 모감지가 뚝 떨어졈져, 오라방 왐신가…"

말쟁이 할머니가 처음 내뱉으신 말이다. 제삿날이면 할머니의 구성진 사투리가 올레 안 팡돌 위로 자지러져 배꼽 빠지게 웃고 있을터인데, 어째 조용하다 싶었다.

"엄마, 조천 할머니 안왔나 봐?"

꽃샘추위가 예고도 없이 찾아와 하얀 목련의 목이 뚝뚝 떨어졌다. 겨울의 끝은 봄에게 쉽게 자리를 내주지 않고 내 동생의 심술처럼 죄 없는 꽃잎을 댕강댕강 꺾어버렸다. 애꿎은 엄마와 나는 옷깃을 여미며 서둘러 까마귀 제사에 갔다. 할아버지의 까마귀 제삿날에는 옆 집, 그 옆집에서도 제사를 한다.

예상과는 달리 조천이모할머니는 제삿집에 앉아 빙떡을 만들고 계셨다. 할머니의 빙떡은 신기하게도 자꾸 손이 갔다. 그보다 더 찾게 되는 것은 할머니가 풀어내시는 이야기였다.

매번 똑같은 물질이야기와 동네 괸당들이 어쩌구, 삼촌들이 저쩌구하는 심심한 이야기였지만 우리는 옹기종기 모여앉아 할머니의 이야기를 듣는 것이 그렇게 좋을 수가 없었다. 그러나 작년부터 할머니는 4·3의 이야기를 꺼내셨는데 그 속에 이덕구란 이름이 언뜻 비쳤었다. 한 번도 들어본 적이 없던 이름이라 무심히 넘겼지만 나중에 학교에서 4·3 평화공원을 답사하고, 숙제로 내준 제주도 관련 자료를 찾다가 이덕구란 이름을 알게 되었다. 오늘따라 조용하신 할머니가 답답해서 내가 먼저 이덕구가 누구냐고 물었다. 할머니는 흠칫 하시더니

"오라방이 이제사 한을 풀젠 햄구나…"

하시고는 그분이 맞다고 하셨다. 이덕구 할아버지에 대해 더욱 궁금해진 나는 할머니에게 이덕구 할아버지에 대한 이야기를 들려달라고 졸라댔다. 할머니는 마른 침을 몇 번 삼키시더니 마치 이야기 속에 들어간 것처럼 신들린 듯 말을 풀어놓으셨다. 할머니는 이덕구 할아버지와 어린 시절 오빠 동생하며 한 동네에서 허물없이 지냈다.

"크민 덕구 오라방신디 시집 보내줍서!"

친정아버지한테 졸랐을 정도로 가까웠다. 그런 할아버지는 삼동도 따주고 볼레도 익으면 따주면서 아꼈다고 했다. 그러나 잠시 헤어져 있었는데 이덕구 할아버지는 일본에서 유학

을 마치고 조천 중학교 선생님이 되어서 왔고, 할머니는 조천으로 시집을 가게 되어 둘은 재회를 하게 되었다. 이 때 당시 제주도 전체가 흉흉하여 얼굴이 반반한 처녀는 2연대 군인이나 서북청년단의 표적이 되었다. 여자들은 서둘러 정혼을 하거나 모자란 여자처럼 행색을 하고 다녔다. 이웃집 남자들과도 자유로운 왕래를 할 수 없었다. 이덕구 할아버지는 2연대 인민유격대장이 되어 한라산으로 입산해버리자, 할머니는 처녀 적부터 배운 물질로 해산물을 잡아 말테우리 삼촌을 통해 몰래 산으로 보내주었다고 한다. 이덕구 할아버지는 말테우리 삼촌을 통해 할머니에게 처자의 안부를 물었고, 자신의 위치를 부인에게 알려주어서 필요한 물품을 조달해 달라는 내용의 서신을 보냈다. 할머니는 인민 유격대와 서북청년단 사이의 이념이나 사상을 알기에는 너무 무지했고, 까막눈이어서 서신을 받고도 읽지 못했다고 한다. 그때는 어디에 물어볼 수 없어서 고팡의 좁쌀 자루에 묻어 두었다. 다만 혈육 같은 오라버니가 살아서 돌아오기를 바라며, 물질을 하면서도 테왁에 오를 때마다 한라산 자락만 쳐다보면서 긴 숨비소리를 내며 타들어가는 가슴 속의 바늘밭을 걸었다고 한다.

이덕구 할아버지가 1949년 6월 경찰과 교전을 벌이다가 최후를 맞았다. 그의 시체가 관덕정 광장의 십자가에 결박되어

6월 더위에 부패되고 있다는 소식을 듣고 할머니는 한걸음에 내달려가 그의 얼굴을 확인했다고 한다. 또한 이덕구 할아버지의 일가족 대부분과 그와 관련된 사람들이 희생을 당했다는 소식을 듣고 고팡에서 서신을 꺼내어 지나가는 학생에게 읽어달라고 했다. 일찍 용기를 내어서 내용을 읽었더라면.

"오라방이 죽지도 않고, 가족들을 거념헐건디… 그때는 이덕구를 아는 사람은 죄 다 잡아간다는 지서사람들 말에 가슴이 톡톡톡 뛰엉 그 서신도 몰래 불 살라부렀져. 우리 자식덜도 살아사해시난…"

이야기를 마친 뒤, 할머니는 해녀들이 내는 긴 숨비소리를 내뱉으시고 한동안 말이 없으셨다. 봄 날 목련이 피면 관덕정 광장에 환한 등불처럼 모가지만 불을 켠 할아버지를 보는 것만 같아 가슴이 조마조마했다. 봄마다 청심환과 뇌선을 함께 먹어야 물질을 했다는 할머니가 한 마리 겨울 텃새같이 측은했다.

할머니처럼 가슴을 찌르는 바늘밭이 있어 스스로 유배생활을 하는 제주사람들이 많을 것이다. 목구멍까지 차오르는 진실을 얘기할 만큼 우리 땅은 안정이 되어 있는 걸까? 두려워 아직도 눈치를 살피는 촌로의 굳은 마음을 어떻게 주물러 드려야 편안히 살아가실 수 있을까? 매년 사월이면 제주도는 축제 같다. 점점 행사가 많아지고 4·3 평화공원을 찾는 사람들도 많아진다. 하지만 수면 위로 떠오르지 않은 진실들을 풀어주어야 한다. 더 이상 외세에 흔들리지 않는 제주도의 지킴이가 되려면 묻힌 역사 속에서 지킴이들의 생을 발굴해야한다. 그들의 사실을 밝혀 후세에 전달해야 아픈 4·3의 땅을 바로 알고 다음 지킴이가 되는 길이라고 본다. 입담 좋으신 할머니께서 그동안 정말 하시고 싶었던 이 이야기를 가슴에 묻고 얼마나 아팠을까? 할머니를 보며 아직도 가슴의 말을 털어놓지 못한 사람들의 말을 많이 들어주는 귀가 필요하다고 생각했다.

돌아오는 길, 마을 담장너머로 꽃샘추위에도 꼿꼿이 불 밝힌 목련이 화사하게 웃고 있었다. 이덕구 할아버지가 봄의 전령사로 돌아온 듯이.

꽃잎 떨어지네

음복하는 술잔 속 그 꽃잎 반가웠네

그대 발자국 무수한 산밭길의 살비듬 같은 꽃잎

어깨 서서히 데워주었네

나 며칠 북받쳐 앓고 싶었네

-정군칠 〈이덕구 산전〉중에서

4·3 투어

김예리

친구들과 4·3 투어를 갔다. 처음에는 친구들과 떠들면서 버스를 타고 가는 게 즐거웠다. 하지만, 해설사 선생님이 들려주는 이야기를 듣다보니 웃고 떠들던 우리들은 조용해졌다.

돌아가신 분들의 묘지와 사건의 장소들을 가면서 점점 알 수 없는 슬픔이 생겼다. 버스를 타고 돌아다니는 것이 투어인 줄 알았는데, 걸어 다니면서 장소들을 직접 보는 것이었다. 평소에 많이 걷지 않아서인지 힘들고 기운이 없어졌지만, 제주의 역사를 듣고 배우는 현장이라서 참을 수 있었다. 우리와 함께 버스를 탄 사람들 중에서 어른들과 친구들이 눈물을 흘리기도 하였다.

처음 가보는 마을에서 96세가 된 할아버지를 만났다. 4·3 당시의 일을 우리들에게 들려주셨다. 할아버지는 나이를 속이며 살아왔다고 했다. 그 날의 일이 얼마나 무섭고 끔찍했으면 나이를 속여야 했을까.

나와 친구들은 집중해서 들었다. 어른들과 함께 저도 모르게 큰 박수를 보내며 할아버지를 응원했다. 나이가 들어서 힘이 들었을 할아버지는 힘차고 강한 목소리로 그 날의 일들을 빠짐없이 이야기 해주시려고 노력하셨다. 그 모습과 마을을 보며 마치 내가 겪은 일인 것처럼 오싹해졌다.

할아버지와의 인터뷰가 끝나자 일행은 마을을 지나 숲으로 들어갔다. 숲의 공기는 맑고 시원했다. 친구들과 나는 맨 앞에 서서 걸었다. 대화를 하고 노래도 흥얼거리다보니 깊은 숲 속이었다. 걷는 도중에 빨간 꽃이 달린 동백나무를 보았다. 빨간빛이 영롱했다. 뒤에서 오는 어른들은 서로 제주어를 썼다. 나도 가끔 제주어를 쓰긴 하지만, 많이 알지 못 한다. 티비에 나오는 제주어를 보며 따라해 보지만, 어렵다. 하지만, 제주어는 동백꽃처럼 예쁘다. 우리나라 사람들이 제주어에 관심을 가진다면 제주어가 얼마나 예쁜지 알 수 있을텐데. 그리고 제주의 4·3 사건에 대해서도 많이 알았으면 좋겠다.

설민석 선생님이 제주 4·3 평화공원에 오서서 제주의 역사와 비극에 대한 강연을 하셨다. 나는 영상으로 강연을 보면서 많은 제주의 사람들이 죽었다는 사실에 놀랐다. 그리고 많은 사람들이 4·3 평화공원에 찾아가지 않는 것을 알게 되었다. 사실은 나도 아직 가보지 못 했다. 4·3 투어를 하고나서 제주의 역사와 제주의 소중함을 알게 되었다. 나중에 가족과 친구들과 함께 4·3 평화공원을 찾아가고 싶다.

옥쇄

1944년 8월 10일 괌 함락. 1944년 10월 26일 필리핀 함락. 태평양 전쟁말기 일본의 패전이 다가오고 있었다. 미군의 일본 본토상륙에 대비해 일본 방위총사령관은 1945년 2월 9일 결호작전을 수립한다. 미군이 제주를 발판 삼아 일본 본토를 공격할 거라 생각한 일본은 3월 12일 제주에 결7호 작전을 구체화 시킨다. 그리고 제주 곳곳에 구멍을 뚫어놓기 시작한데 물론 제주도민의 마음도 몸도.

맑고 상쾌한 가을, 우리 집과 가까운 송악산에서 엄마와 함께 걷던 나는 평소와 달리 어두컴컴한 동굴을 들여 다 보았다. 한발 발을 딛는데 챙 하고 발에 무언가가 걸렸다. 아래를 보니 긁힌 자국이 가득한 커다란 옥을 있었다. 어디서 나타난 것인지 나는 주위를 둘러보았다. 엄마는 온데간데없었고 낯선 목소리가 들려왔다.

"거기 학생!"

내가 말했다.

"네?"

"그래 너"

뒤를 돌아보았지만 아무도 없었다. 다시 앞을 보니 동굴 앞에 해진 한복을 입고 있는 남자가 보였다. 순박해 보이는 미소를 짓고 있는 그는 낯설게 느껴지지 않았다. 그가 말했다.

" 그 옥을 내게 던져 줄 수 있겠니?" 동굴 바로 앞에 있던 나는 이리 가까운 거리임에도 던져달라는지 알 수 없었다. 그래도 어려운 것이 아니니 나는 힘껏 던져주었다.

"어!"

그런데 그의 몸을 통과하고 옥이 그대로 동굴 안으로 들어가는 것이 아닌가! 그대로 옥이 깨져버리고 말았다. 그러자 그가 웃으며 말했다.

"고마워"

그리고 그는 옥이 깨지듯 사라졌다. 잠시 졸은 것이라 생각한 나는 몸을 돌려 걸으려고 하였다. 그런데 내 시야가 이상했다. 내 키가 커진 듯 시야가 높아져 있었다!

고개를 내리니 안 그래도 크던 내 발은 더 커져있었다. 옷도 한복 차림이고 머리는 짧아져 있었다. 이상함에 엄마를 찾으려 발을 떼려는데 발이 떼어지지 않았다. 동굴 안에서는 곡 괭이질 소리가 들려왔고 일본어가 큰소리로 울려왔다. 빨리 이곳을 벗어나려 몸에 안간힘을 쓰는 데도 내 몸은 아니 한 남자의 몸은 움직이지 않았다. 그리고 멀리서 사회책에서나 본 것 같은 일본군이 나에게 소리치며 걸어오고 있었다. 그는 나를 때리며 동굴로 밀치고는 일본어로 외쳤다.

"뭐하는 거야! 일 안해!"

분명 일본어를 듣고 있는데 이상하게 머리에서 우리말이 들려왔다. '아저씨 여기 어디에요?' 이 말은 내 목구멍에서만 삼켜지고 낯선 목소리가 나왔다.

"난 이 일을 하고 싶다한 적이 없소 그리고 당신들 왜 대가를 주지 않는 거요!"

그러자 주위의 일본군들이 모여 나를 구타하기 시작했다. 말과 행동을 내 맘대로 되지는 않았지만 아픔은 생생히 느껴졌다. 그렇게 맞던 내가 말했다.

"아…아 알겠소!"

그러자 일본군들은 발길질을 멈추고 흩어졌고 한명은 나를 끌고 동굴로 데려가 곡괭이를 주고는 까만 봉을 들고는 감시하기 시작했다. 하는 수 없이 나는 동굴을 파기 시작했다. 주위에는 익숙한 얼굴들이 보였다. 나는 한 번도 본 적이 없는데 말이다. 그렇게 고된 곡괭이질을 하다 보니 나의 손은 돌들에 긁힌 상처들로 피가 맺혀 있었다. 곡괭이질을 하려는데 나의 손이 찢어질 듯 아파왔다. 그래서 잠깐 곡괭이질을 멈추고 있는데 감시하던 일본군이 나를 때리려고 하였다. 자동적으로 나는 눈을 감고 몸을 움츠렸다. 억울하였다.

눈을 떠보니 나는 거리에 서있었다. 꿈에서 깬 거라 생각한 나는 말을 하려 입을 벌렸다. 하지만 역시 말이 나오지 않았다. 주위에 지나가는 말소리를 보니 광복이 제주에도 전해진 것 같아 보였다. 주위에는 태극기가 흩날리고 있었다. 그러한 상황에 나도 기쁨이 번지는 순간 저 멀리서 일본군들이 달려오는 것이 보였다. 나가 눈살을 찌푸렸다. 다가온 일본군들은 말에서 내려 총과 칼들로 횡포하기 시작했다. 당황한 사람들은 한 발자국씩 주춤 거렸다. 이러한 행동이 이해되지 않았던 나가 말했다.

"이미 광복이 되지 않았소! 왜 이러시는 거요!"

그러나 일본군들은 나를 칼로 휘둘렀다. 그러자 나의 피가 거리에 뚝뚝 떨어졌다. 한 번도 느끼지 못한 고통의 전해졌다. 하지만 일본군들은 본체만체 하며 집으로 들이쳐 수탈하기 시작했다. 그러자 사람들은 일본군에게 소리치며 돌들을 던졌지만 일본군이 총을 남발하였다. 모든 것을 쓸어 담은 일본군들이 돌아가고 거리에는 휘날리던 태극기와 도민들의 피와 눈물이 내려앉아 있었다. 그들의 서러움과 한도.

치료를 받은 나는 집으로 들어갔다. 집에 먹을 것이 없자 나는 밭에서 먹을 것을 구해 허기를 채웠다. 며칠 뒤 나는 음식이 떨어지자 음식을 구하러 밭으로 가고 있었다. 그런데 밭에 일본군들이 있지 아니한가! 지난번 칼에 맞아 아직 회복이 덜 된 나는 쉽게 나설 수 없었다. 그 때와 달리 일본군들은 모든 농작물을 수확한 후 사람들에게 배급을 하였다. 턱없이 부족하였다. 아이들은 배고프다며 울음을 터트렸고 여기저기서 한숨이 터져 나왔다. 화가 난 나와 사람들은 일본군을 찾아가 항의하였다. 그러자 일본군들은 곡물에 석유를 뿌리고는 불을 질렀다. 그것을 본 나는 목이 메어왔다. 불은 점점 활활 타오르며 검은 재를 내뿜고 있었다. 활활. 나는 아무것도 담기지 않은 동공으로 불을 바라보았다. 일본군들은 재미있는 구경거리라도 되는 듯 지켜보고 있었다. 그것을 본 나는 돌을 던지기 시작했다. 여러 개의 돌들이 공기 중에 떠올랐다. 그리고 들리는 소리 탕탕.

그 소리에 나는 놀란 듯이 깼다. 머리가 아파 신음하는데 아까 본 그가 다가 왔다. 아까는 몰랐지만 이제 보니 얼마 전 책에서 본 강창보 선생님과 비슷해 보였다. 동그란 안경이 확실하게 해주었다. 잠시 생각하는 나에게 그가 말하였다.

"괜찮니?"

내가 말했다.

"네… 선생님 혹시 강창보 독립운동가세요?"

"어허… 나를 아는구나!"

왠지 들뜬 목소리로 그가 말했다.

"선생님 제가 본 것들은…"

"흐음 사실 나도 왜 네가 갑자기 그 상황을 보고 온 건지 잘
모르겠구나."

내가 말했다.

"네 아까 옥을 던져달라고 하셔서 그런 것 아닐까요?"

"무슨 말을 하는지 모르겠구나. 나는 아파 보여 온 것이다.
보아하니 예전의 제주의 모습을 보고 왔구나?"

내가 말했다.

"네 선생님 책에서 본 몇 줄을 그렇게 보니 가슴이 아팠습
니다."

"맞아 매우 가슴 아픈 역사이지 하지만 가슴 아픈 역사를
잊어서는 안 되지."

강창보 선생님의 말씀이 끝나자 나의 몸은 부서질 듯 아파
왔고 눈을 뜨자 나의 뺨에서 축축한 느낌이 들었다. 고개를 드

니 나는 제주와 관련된 책을 읽고 있었고 누가 그었는지 한 문구에 줄이 쳐져 있었다. '제주도민들은 한발 한발 일제에 의해 옥쇄에 내몰리고 있었다.'

잠들지 않는 자장가

강현임

"무서워요… 잠이 들까봐… 아직도 밤인가요…"

갓난아기가 칭얼거리듯 옆방에서 소리가 들려왔다. 꽃샘 추위에도 얼지 않은 별들이 아직 박혀있다. 별들이 희미해질 수록 칭얼거림은 더 잦아졌다.

북촌리 아기무덤에서 살아난 할아버지는 일본에 가서 평생 돈을 모으며 살았다. 아기무덤에 이름을 묻어버리고 다른 이름으로 살아왔다. 혈육의 이름도 부르지 못한 채 투명인간처럼 살아왔다. 자신이 누구인지 묻고 싶을 때마다 어머니는 별이 되어 자장가를 불러주셨다. 네 살 무렵, 할아버지는 혼자 아기무덤에서 살아남았다. 학교 운동장은 산폭도와 산폭도가 아닌 자를 구별하기 위한 총성이 확성기보다 더 크게 들렸다. 그 사이에는 아직 젖을 떼지 못한 갓난아기와 초등학교 학생들도 있었다. 할아버지의 하나밖에 없는 어린 동생도 아직 젖을 떼지 못한 갓난아기였다. 어른, 아이 할 것 없이 운동장은 삶과 죽음의 환승역이 되었다. 아기무덤가에 장남을 숨겨 놓았던 어머니는 그를 밀항선에 태우고 현해탄을 건너게 하였다.

"꼭 살아 돌아왕, 고향 땅에 묻히라."

환갑을 넘기고서야 할아버지는 고향 땅을 밟으셨다. 할아버지는 밤낮 동생에게 젖을 물리러간 어머니가 그곳 무덤가에서 돌아가셨다는 소식을 듣고 오열을 하셨다. 그 후로 할아버지는 아기무덤가를 찾아가는 횟수가 잦아졌다. 간날 간시를 난날 난시로 치러지는 일가의 제삿집에서 서투른 한국말로 어머니의 이야기를 들려달라고 재촉하셨다.

현해탄을 등지고 샛노란 유채꽃들이 오름 주위마다 하늘하늘 피었다. 찬찬히 제주도를 관광하시던 할아버지는 오름이 모두 동생의 무덤 같다고 말씀하셨다. 고향에 대한 기억이 무덤 밖에 없으신 할아버지가 안쓰러웠다. 갓난아기의 옹알이처럼 서투른 한국말을 알아들을 수는 없지만 마음 한구석이 짠했다.

동생이 묻힌 아기무덤을 자주 찾아가신 할아버지는 찬이슬을 많이 맞으신 탓인지 칭얼거림이 잦아지셨다.

"무서워요… 잠이 들까봐… 아직도 무덤속인가요. 어머니,

꺼내주세요…"

발길질만 해대는 동생의 무덤가에 제 이름을 찾아주기도
전에 천 년을 반짝여도 늙지 못할 어머니별로 할아버지는 돌
아가셨다.

　　　나는 천의 바람이 되어

　　　찬란히 빛나는 눈빛 되어

　　　곡식 영그는 햇빛 되어

　　　하늘한 가을비 되어

　　　그곳에서 울지마오

　　　나 거기 없소

　　　나 그곳에 잠들지 않았다오

　　　그곳에서 슬퍼마오

　　　나 거기 없소

　　　그 자리에 잠든게 아니라오

　　　그곳에서 슬퍼마오

나 거기 없소

이 세상을 떠난게 아니라오

– 〈내 영혼 바람되어〉 일부

왕할머니와 4·3

이현지

나는 이번 2021년 설날에 코로나 바이러스로 용돈이 절반이나 줄었다. 부산에 갔다 오신 아빠와 엄마는 세뱃돈을 서로 주지 않기로 했다며 절망적인 소식을 내게 전해주었다. 그리고는 사무실에 앉아 두 분만 무언가를 열심히 들여다보고 계셨다.

낡아빠진 공책에 글씨마저 삐뚤하고 글자도 틀린 이야기들이 날짜마다 적혀있었다. 보자기에 곱게 싸서 가져온 공책을 부모님은 심각하게 읽어보시고는 서랍에 넣는 것이었다.

"아빠, 그게 뭐에요?"

"왕할머니의 일기란다. 소중한 물건이니 함부로 들고 다니거나 찢어지면 안된다."

아빠는 호기심 많은 내가 걱정이나 되는 듯이 몇 번이나 주의를 주셨다. 나를 얼마나 덜렁이로 보면 저럴까 화가 났지만

호기심이 더 들었다. 숙제를 하는 척 하며 부모님이 사무실을
나가기만을 기다렸다. 얌전한 나를 보자 안심이 되셨는지 부
모님은 설날 연휴로 밀린 업무를 보기 위해 분주하게 일처리
를 하셨다. 거래처에 갔다 온다며 나를 두고 나가셨다. 기다리
고 기다리던 순간이 오자, 나는 서랍을 열고 보자기를 풀었다.
아빠가 소중한 물건이라고 해서인지 공책이 박물관에 전시된
문화유산처럼 느껴졌다. 1948년 4월 1일로 시작되는 일기를
먼저 조심스럽게 펼쳐보았다. 손가락으로 글자를 짚어가며 읽
었다.

1948년 4월 1일

난 아침에 친구들이랑 들판에서 놀았다. 우리는 숨바꼭질
놀이를 하고 있었다. 그때 어디선가 탕! 탕! 총소리가 들렸다.
나는 친구들과 돌담 뒤에 숨었다. 경찰 두 사람이 종남 오빠를
따라가고 있었다. 나는 너무 무서워서 집에 돌아와서도 어머
니에게 얘기를 못 했다. 자고 난 다음 날 나는 어제의 일들을
어머니에게 말했다. 어머니는 놀라시더니 나를 외출금지라며
불안해 하셨다. 나는 외출금지를 당한 것보다 종남 오빠가 걱
정이 되었다. 나는 어머니 몰래 종남 오빠집으로 향했다. 돌담

에 서서 종남 오빠의 집을 살펴보는데 다행스럽게도 종남 오빠는 살아있었다. 무사한 오빠를 보자 마음이 놓였다. 집으로 돌아가려는데 경찰이 나를 불렀다.

"살려주세요. 살려주세요!"

나는 소리를 질렀다. 나의 비명소리를 들은 종남 오빠의 아버지가 경찰에게 뛰어 들었다. 경찰은 총을 쏘아댔다. 나를 보호하기 위해 달려들다가 돌아가신 종남 오빠의 아버지를 보며 나는 울음을 터뜨렸다. 종남 오빠가 총소리에 놀라 밖으로 나오더니 주저앉아버렸다.

1948년 4월 3일

종남 오빠의 아버지를 묻는 장례식이다. 급하게 만들어진 무덤 앞에서 내가 할 수 있는 게 없었다. 울면서 마음속으로 수십 번 감사하다고 감사편지를 쓰는 것 밖에 할 수 없었다. 나와 종남 오빠가 우는 동안 세상은 점점 어두워지고 젊은 사람들이 잡혀갔다. 차례로 아버지와 어머니도 잡혀갔고 사람들이 한꺼번에 사라지고 있었다. 아버지와 어머니는 나에게 아오지 말라며 돌을 던졌다. 경찰들에게 잡혀 죽는 것보다 부모님이 던지는 돌에 맞아 죽고 싶을 정도로 세상은 난장판이 되었다. 친구들과 나는 어두운 곳에서 귀를 막고 총소리를 들어야만 했다. 부모님이 돌아가시는 소리가 틀어막은 귀속을 찢으며 들려왔다. 소리 내어 울지 못하는 나는 손에 쥔 돌멩이처럼 울었다.

나는 일기를 읽고 왕할머니를 기억해내려고 애썼다. 왕할머니의 일기가 4·3 사건과 관련된 일이라고는 상상도 못 했기에 왕할머니가 다른 사람처럼 느껴졌다. 소중한 4·3의 기록을 직접 읽으니 믿기지는 않았지만 큰 보물을 발견한 것 같았다. 돌멩이처럼 울던 사람들이 제주를 이렇게 지켰다고 나는 왜 진작 알지 못 했을까.

닮았다는 말이 자랑스러워졌다

추우경

나는 우리 집안 조상님을 뵈러 벌초를 따라 간다. 그런데 벌초를 가는 것이 그리 좋지만은 않다. 친척들을 봐서 좋기는 한데 벌초는 너무 구식이다. 그리고 나보고 자꾸 조상님과 닮았다고 한다. 조상님을 닮아서 내가 작은 목소리를 잘 듣는다는 것이었다. 솔직히 말하면 사진으로만 봤지 실제로 한 번도 본 적이 없다. 어찌된 일인지 친척들은 벌초를 갈 때마다 나에게만 닮았다고 한다. 나는 조상님이랑 닮았다는 말을 지겹도록 듣던 중 조상님이 점점 궁금해졌다. 나와 닮았다는 조상님은 어떤 분일까? 가족들에게 내가 묻자 기쁜 듯 말씀해주셨다.

1949년 즈음 일이다. 나의 조상님은 중산간 마을에 산다는 이유만으로 잡혀가던 때여서 마을 사람들과 함께 산으로 도망쳐 숨어 살았다. 산에 숨어 살면서 위험했던 적도 많고 하루하루가 불안했다. 어느 하루는 동굴에 식량이 떨어져서 마을로 내려가 밭에서 자라는 곡식을 거둬들이고 와야 하는 상황이었다. 그래서 나의 조상님과 마을 청년들은 동굴 밖으로 나가려고 했다. 그때 조상님이 모두 조용하라며 발걸음을 멈추게 했다. 밖에서 부스럭 거리는 소리를 들었다고 했다. 그 소리는 동굴 밖으로 토벌대가 지나가는 소리였다. 조상님이 평소 작은 소리를 잘 듣기 때문에 마을 청년들은 나의 조상님을 믿었다. 그 덕분에 무사히 토벌대를 피할 수 있었다. 그들이 사라지자 마을로 내려가 식량을 가져올 수 있었다. 하지만, 그렇게 조심하며 동굴 속에서 살았지만 너무 오랫동안 추위와 굶주림에 시달렸다. 결국, 집요한 토벌대에게 동굴이 발각되고 말았다. 동굴 안에 있던 사람들이 말린 고추를 태우며 연기로 토벌대와 맞섰지만 동굴 밖에서 쏘아대는 총에 맞고 일부는 죽고 말았다. 나머지 일부는 한라산 쪽으로 달아났지만 뒤쫓아온 토벌대에게 학살을 당하고 말았다. 필사적으로 살아난 몇 사람만이 지금까지 살아남았을 뿐이었다. 살아남은 사람들이 그 사건을 두고 말할 때마다 나의 조상님 덕분에 식량을 구할 수 있었다고 말해주었다. 살아남은 사람들은 지난날을 묻어두고 침묵해오다가 차츰 슬픔을 말할 수 있게 되자 고마운 사람들을 기억해냈다. 나쁜 사람들도 많았지만 고마운 은인들을 기억해주고 말해주는 것 또한 자신들이 해야 할 일이라고 했다.

덕분에 우리 가족과 친척들은 벌초를 할 때마다 조상님을 기억할 이야기가 남게 되었다.

나는 가족에게 조상님의 이야기를 듣고서 가슴이 아프기도 하고 자랑스럽기도 했다. 나도 작은 소리를 잘 들어서 벌초때 뱀이 지나가는 소리를 들었다. 동생이 뱀에게 물리지 않게 옷소매를 잡아끈 적이 있었다. 그래서 친척들은 내게 조상님과 닮았다고 했다는 걸 알 수 있게 되었다. 나는 큰 업적을 세우고 공적비가 있는 조상님의 묘를 찾아 벌초를 하는 것은 아니다. 하지만, 조상님은 마을 사람들을 위해 자신이 가진 작은 재능이라도 발휘했던 용기가 대단하다. 사람을 살리는 일은 특별한 사람만이 할 수 있다는 내 생각을 바꿔준 분이기도 하다. 그래서일까, 이젠 벌초 가는 길이 싫지 않다.

말할 수 있는 슬픔

추유경

나는 제주의 아픔이자 비극인 4·3을 타인의 슬픔으로 인식하고 있었다. 나는 제주에서 태어났지만 4·3을 겪지 않았고, 그와 관련하여 고통스럽지 않았기 때문이다. 나와 마찬가지로 요즘의 학생들은 공부에 바빴고 인식의 생산을 미래의 불안에 초점을 맞춰 살기 때문이다. 하지만 매년 4월이면 붉은 동백이 가슴에서 번지듯 제주도 전체가 4·3에 관한 이야기들로 번졌다. 슬픔을 말로 할 수 있다면 슬픔을 극복할 수 있다는 확신을 증명이라도 하듯이 곳곳에서 이야기가 되고 작품이 되었다. 그리고 슬픔을 증언하는 참여자가 늘어나면서 슬픔을 겪지 않은 우리들까지도 공동의 화제가 되어 4·3을 인식하게 되었다.

4·3을 기념하기 위해서 시화 전시회가 열리는 곳으로 가는 날이었다. 학교에서 단체로 학생들을 데리고 간 곳에서 많은

작품들이 전시되고 있었다. 유독 한 작품이 눈길을 끌었는데 초등학교 저학년의 작품 같았다. 유명한 시인들이 쓴 작품들은 컴퓨터 작업이 되어있었는데, 이 작품은 연필로 쓰어 있었다. 몹시 힘을 주어 정성스럽게 쓴 글씨여서 정겨웠지만 삐뚤삐뚤했다. 학교를 벗어나서 친구들과 다른 공간에 있던 나는 선생님의 설명을 건성으로 듣고 있었다. 건성으로 듣다가 점점 선생님께서 설명하는 작품 쪽으로 서게 된 것이었다.

나와 눈 맞춤을 하고 있던 작품은 초등학생의 작품이 맞았다. 초등학생은 바로 82세의 김복실 할머니였다. 작품 옆에는 할머니의 인터뷰 영상이 조그만 화면을 통해 나오고 있었다. 할머니는 어릴 적 나라가 혼란스러워 학교를 다니지 못 했다. 살아남는데 급급해서 한글을 배울 기회조차 없었다.

"내가 까막눈만 아니었으면 자식들에게 재산을 물려 줘실거라. 생각만 해도 막 여기가 탁 멕혐신게."

가슴을 탁탁 치며 할머니는 말씀하셨다. 깊은 주름과 말라 버린 가슴이 하는 말을 멍하니 듣고 있는 내게 할머니는 곳곳의 아픔을 보여주셨다. 할머니는 글자를 몰라도 듣고 말하는데 지장이 없었다. 그러나 전 재산을 한순간에 잃어버린 것이었다. 〈통장〉이라는 낱말을 읽지 못해서 짐을 내다버릴 때 함께 버린 것이었다. 통장에는 큰 액수가 들어있었다고 했다. 일찍 남편을 잃은 할머니는 남편이 남긴 유산을 허무하게 잃어버린 게 죄스럽다고까지 하셨다. 할머니는 늦었다고 생각할 수도 있는 나이지만 한글을 배우기로 결심하셨다. 82세의 나이로 초등학교부터 다니기 시작했다. 이러한 이유로 글씨가 구불구불한 것이었다. 사연을 듣고 나서인지 침을 묻혀가며 한자 한자 정성스럽게 썼다는 게 보이기 시작했다. 그와 동시에 글씨만 보고 판단했던 나의 부끄러움이 반성으로 번졌다. 자신의 감정과 슬픔을 표현하고 싶어도 글자를 몰라서 답답했을 할머니가 햇살처럼 웃고 있는 모습이 시와 함께 그려져 있었다.

한 편, 할머니는 왜 4·3 관련 작품 전시회에 시화를 출품했을까 하는 의문이 들었다. 인터뷰 영상을 중간부터 보았기 때문에 그럴 법도 했다. 영상이 다시 처음부터 반복되자 의문은 풀렸다. 할머니는 4·3 사건으로 많은 것을 잃어버린 피해자였다. 열 살 무렵부터 시작된 난리는 할머니를 보살펴주지 못 했다. 어린 할머니의 아버지는 어디론가 끌려가셨고 어머니는 먹을 것을 구하러 나가신 후 돌아오지 않으셨다. 형제나 자매도 없던 할머니는 혼자가 되었다. 어릴 적, 부모를 잃어서 얼굴조차 기억나지 않는 상태가 할머니에게는 계속 트라우마로 남아 있는 것 같았다. 탄압을 받던 마을 사람들과 함께 동굴에서 지내기도 하셨다. 다이어트로 식단조절을 한답시고 끼니를 거르는 요즘의 우리와는 달리 한 끼 한 끼를 먹는 것이 기적이었다고 하셨다. 끼니를 거르는 것은 다반사였고, 한 끼를 먹더라도 적은 양의 감자정도였다. 그래서 돌담을 넘을 힘조차 없었다고 한다. 싹이 난 감자를 먹게 되는 날이면 탈이 났지만 살아남으려고 발버둥 쳤다. 만약, 그 시절에 내가 살았다면 나에게도 살아남으려는 의지가 있었을까?

잃기만 하는 삶을 평생 사느라 글자를 배울 여건이 되지 않았고, 지나가는 사람을 붙들고 길을 물어볼 때도 글자를 모른다는 것을 감췄다고 한다. 글자를 모르는 것을 당당하게 말할 수 없었던 할머니가 시화작품을 출품하기까지에 이르렀다. 이러한 사연을 들려주는 할머니가 존경스럽기까지 했다. 영상은 할머니가 부끄럽다면서 활짝 웃는 모습이 굵은 주름사이로 흐를 때 마지막 장면으로 정지 되었다.

"부치로와도 내가 쓴 글이 제일 곱닥헌 것 닮수다."

나는 전시회장을 빠져나와 집으로 돌아오는 차 안에서 할머니가 했던 말을 떠올리고 있었다. 그때 라디오에서는 중국이 우리나라 역사를 왜곡한다는 뉴스가 보도되었다. 우리나라의 대표적인 김치와 한복 등등의 시작이 중국이라는 주장을 펼치고 있다. 우리나라가 중국보다 국력이 약하고 우리나라의 주요 소비자층이 중국이라는 점을 악용하고 있다. 인구수가 많은 중국을 상대로 반박한다 해도 인터넷을 장악한 뜬소문은 바꾸기 어렵다. 나는 중국이 역사왜곡에 열을 올리는 것이 억울했지만 이해가 되지 않았다.

4·3 사건도 70여 년 동안 왜곡되어 왔다. 그래서 김복실 할머니와 같은 4·3 사건 피해자들이 진실을 밝히지 못해 답답했을 것이다. 이런 인식의 파생은 곧 김복실 할머니가 늦은 나이임에도 불구하고 글자를 배우게 된 이유가 따로 있는 게 아닐까 하는 데까지 이르렀다. 슬픔을 겪은 자신이 진실을 말하고 사과를 요구하기 위해서 글자를 배우는 것이라는 것을 깨닫게 되었다. 슬픔을 말하기까지 얼마나 많은 용기가 필요했는지, 긴 세월동안의 벙어리 같은 처지를 어떻게 감내했는지 알지 못했다.

나의 부족한 인식과 슬픔에 관한 공감력이 약한 이유로 시화 전시회에서 내가 봐야할 것들을 많이 놓쳤는지 모른다. 하지만 4·3의 아픔을 위로하기 위해서 정확한 진실을 찾아 공부를 해야 된다는 것을 알았다.

1부

○ 수상을
축하합니다

역대 4·3 청소년 문예 공모 수상자 명단

	학교 학년	이름	제목	수상
1	신성여고 1학년	김지연	목련 뚝 떨어졌다. 봄은 오는 가	62주년/ 산문/ 최우수상
2	남녕고 1학년	김현경	입속에 잠든 이	64주년/ 시/ 대상
3	제주여고 1학년	강현임	잠들지 않는 자장가	66주년/ 산문/ 최우수상
4	제주일고 1학년	강규선	종달리 소금밭	68주년/ 시/ 최우수상
5	제주여중 1학년	김민서	터진목	73주년/ 만화/ 최우수상
6	노형중 2학년	최가은	검은 밤	73주년/ 시/ 장려상
7	한림여중 2학년	홍세연	파도	73주년/ 산문/ 우수상
8	표선중 2학년	김민재	나는 살고 싶다	73주년/ 산문/ 장려상
9	백록초 5학년	이수호	돔밧고장 돌아왐수다	73주년/ 산문/ 최우수상
10	한라초 5학년	이현지	왕할머니와 4·3	73주년/ 산문/ 장려상

수상을 축하합니다

2020년 수상을 축하합니다

제주꿈바당어린이도서관 독서영상공모전
꿈씨앗상/ 백록초4 이수호

제17회 예스24 어린이 독후감대회
장려상/ 한천초6 문재원

장려상/ 한라초6 함동건

제39회 제주학생 독후감공모전
가작/ 노형중2 이지호

제1회 책씨앗 전국청소년 독후감대회
동상/ 한라중3 추유경

동상/ 제주여중1 김라희

제주 교육청 채소사랑 체험수기공모전
최우수/ 백록초4 이수호

제59회 탐라문화제 전국문학작품공모전
한라상/ 백록초4 이수호(산문)

한라상/ 한라초6 김예리(산문)

한라상/ 한라중2 정지연(시)

한라상/ 노형중2 이지호(산문)

오름상/ 한라초6 이상협(산문)

오름상/ 노형중1 최가은(시)

오름상/ 한림여중1 홍세연(산문)

2020제주 어린이작가 글짓기공모전

꿈자람상/ 백록초5 양남경(시)

꿈낭상/ 백록초5 문혁훈(시)

꿈낭상/ 한라초4 함세연(시)

꿈낭상/ 백록초2 이지수(시)

꿈낭상/ 백록초1 전소윤 (시)

꿈낭상/ 한라초6 함동건(시)

꿈낭상/ 한라초6 김예리(시)

꿈낭상/ 백록초4 이수호(산문)

꿈씨앗상/ 삼화초3 신재현(시)

꿈씨앗상/ 백록초3 전성우(시)

꿈씨앗상/ 한천초6 문재원(산문)

꿈씨앗상/ 한라초6 이상협(시)

꿈씨앗상/ 국제학교5 김은서(시)

꿈씨앗상/ 한라초4 김현지(산문)

지금 우리책 전국민 독후감공모전

장려상/ 한림여중1 홍세연

장려상/ 제주여중1 오지의

2021년 수상을 축하합니다

제22회 전국청소년 4·3문예공모

최우수상/ 백록초 5 이수호

최우수상/ 제주여중1 김민서

우수상/ 한림여중2 홍세연

장려상/ 노형중2 최가은

장려상/ 표선중2 김민재

장려상/ 한라초5 이현지

제37회 전국 연꽃문화제 글짓기 우수상

우수상/ 사대부중1 문재원

꿈바당 독서영상 공모전

꿈씨앗상/ 백록초2 전소윤

꿈씨앗상/ 백록초5 이수호

꿈씨앗상/ 한라초3 문지성

꿈씨앗상/ 한라초3 김이연

꿈씨앗상/ 백록초4 전성우

꿈씨앗상/ 국제학교4 김규민

꿈씨앗상/ 국제학교4 이서인

꿈씨앗상/ 한라초1 이연재

제60회 탐라문화제 전국문학작품공모

탐라상(교육감상)/ 신성여중2 원도현

한라상/ 한라중2 오정후

오름상/ 아라중1 문지혁

오름상/ 한라중2 추우경

오름상/ 한라초3 문지성

올레상/ 신성여중1 김선유

올레상/ 노형중2 최가은

올레상/ 탐라중1 장선효

제40회 제주학생 독후감 공모전

가작/ 탐라중1 장선효

제2회 제주어린이작가글짓기 공모전

꿈바당상/ 백록초3 유재민

꿈키움상/ 한라초3 문지성

꿈키움상/ 노형초3 오유준

꿈키움상/ 한라초3 김이연

꿈키움상/ 국제학교4 이서인

꿈키움상/ 백록초5 이수호

꿈씨앗상/ 백록초3 이지수

꿈씨앗상/ 한라초1 추재경

꿈씨앗상/ 국제학교4 김규민

제2회 책씨앗 청소년 독서감상문대회

장려상/ 탐라중1 장선효

제18회 예스24 어린이 독후감 대회

동상/ 백록초2 전소윤

장려상/ 백록초5 이수호

장려상/ 한라초3 김이연

제5회 친구해요 작은도서관독후감대회

우수상/ 한라중1 이상협

마인드크래프트 독서감상문 공모전

대상/ 탐라중1 장선효

우수상/ 중문중2 조하선

장려상/ 제주여중1 김민서

장려상/ 노형중3 이지호

2022년 수상을 축하합니다

장애인 인식 개선을 위한 제24회 전국 초·중·고등학생 백일장

중학생 산문 부문 최우수상(교육감상)/ 한라중3 오정후

중학생 산문 부문 우수상(사회복지공동모금회장상)/ 한라중2 김예리

중학생 산문 부문 가작/ 한라중2 이상협

중학생 시 부문 최우수상(의회의장상)/ 제주서중1 문혁훈

중학생 시 부문 가작/ 한라중 1 김나연

제61회 탐라문화제 전국문학작품공모

탐라상(교육감상)/ 신광초4 김성은

탐라상(교육감상)/ 한라초2 이상협

한라상/ 한라중3 오정후

오름상/ 한라초5 양지우

오름상/ 노형초3 김정은

오름상/ 백록초5 전성우

오름상/ 한라초3 이유수

제19회 예스24 어린이 독후감 대회

장려상/ 한라초3 이재인

장려상/ 한라초3 이유수

제1회 제주 도서관 독서 공모전

우수상(교육감상)/ 한라중2 고연아

장려상/ 오라초2 이은서

장려상/ 한라초3 이유수

장려상/ 노형초3 김정은

장려상/ 제주서중1 문혁훈

제10회 전국 사랑의 나눔공모전

시도교육감상/ 한라중3 오정후

한교련이사장상/ 한라중3 임준혁

한교련이사장상/ 한라중2 이상협

한교련이사장상/ 제주서중1 문혁훈

제3회 제주 어린이 작가 글짓기 공모전

꿈바당상/ 한라초2 이연재

꿈키움상/ 한라초4 문지성

꿈씨앗상/ 아라초2 김민우

꿈씨앗상/ 한라초6 고도영

꿈씨앗상/ 국제학교5학년 이서인

제32회 전국 청소년 숲사랑 작품공모전

특선/ 신광초4 김성은

특선/ 한라초3 이유수

제4회 제주학생 환경사랑 글짓기 공모전

동상/ 한라초4 문지성

제1회 제주 도서관 독후감 대회

초등 장려/ 노형초3 김정은

친구해요! 작은 도서관 제6회 독후감대회

장려상/ 한라중2 김예리

마인드크래프트 독서감상문 공모전

우수상(교육장상)/ 한라중2 이상협

우수상(교육장상)/ 세인트존스베리아카데미제주 5학년 이서인

입선/ 한라중3 오정후

입선/ 한라중1 고연아

입선/ 한라초4 이하민

따뜻한 세대공감 – 전국 문예 공모 학생 수상작 모음집

글쓰기는 어렵지 않아요

2022년 12월 25일 초판 1쇄 발행

엮은이 김병심 **펴낸이** 김영훈 **편집인** 김지희 **디자인** 나무늘보, 이은아, 최효정, 강은미, 김지영
펴낸곳 한그루 **출판등록** 제651-2008-000003호 **주소** 제주특별자치도 제주시 복지로1길 21
전화 064 723 7580 **전송** 064 753 7580 **전자우편** onetreebook@daum.net **누리방** onetreebook.com

ISBN 979-11-6867-077-8 (43810)

애 책은 제주특별자치도와 제주문화예술재단의
2022년도 제주문화예술지원사업 후원을 받아 발간되었습니다.

값 13,000원